中华复兴之光
博大精深汉语

词苑绝妙神韵

鹿军士 主编

汕头大学出版社

图书在版编目（CIP）数据

词苑绝妙神韵 / 鹿军士主编. -- 汕头 ：汕头大学
出版社，2016.1（2023.8重印）
（博大精深汉语）
ISBN 978-7-5658-2354-1

Ⅰ．①词… Ⅱ．①鹿… Ⅲ．①诗词－文学欣赏－中国
Ⅳ．①I207.22

中国版本图书馆CIP数据核字（2016）第015329号

词苑绝妙神韵　　　　　　　　CIYUAN JUEMIAO SHENYUN

主　　编：鹿军士
责任编辑：邹　峰
责任技编：黄东生
封面设计：大华文苑
出版发行：汕头大学出版社
　　　　　广东省汕头市大学路243号汕头大学校园内　邮政编码：515063
电　　话：0754-82904613
印　　刷：三河市嵩川印刷有限公司
开　　本：690mm×960mm　1/16
印　　张：8
字　　数：98千字
版　　次：2016年1月第1版
印　　次：2023年8月第4次印刷
定　　价：39.80元
ISBN 978-7-5658-2354-1

前 言

党的十八大报告指出："把生态文明建设放在突出地位，融入经济建设、政治建设、文化建设、社会建设各方面和全过程，努力建设美丽中国，实现中华民族永续发展。"

可见，美丽中国，是环境之美、时代之美、生活之美、社会之美、百姓之美的总和。生态文明与美丽中国紧密相连，建设美丽中国，其核心就是要按照生态文明要求，通过生态、经济、政治、文化以及社会建设，实现生态良好、经济繁荣、政治和谐以及人民幸福。

悠久的中华文明历史，从来就蕴含着深刻的发展智慧，其中一个重要特征就是强调人与自然的和谐统一，就是把我们人类看作自然世界的和谐组成部分。在新的时期，我们提出尊重自然、顺应自然、保护自然，这是对中华文明的大力弘扬，我们要用勤劳智慧的双手建设美丽中国，实现我们民族永续发展的中国梦想。

因此，美丽中国不仅表现在江山如此多娇方面，更表现在丰富的大美文化内涵方面。中华大地孕育了中华文化，中华文化是中华大地之魂，二者完美地结合，铸就了真正的美丽中国。中华文化源远流长，滚滚黄河、滔滔长江，是最直接的源头。这两大文化浪涛经过千百年冲刷洗礼和不断交流、融合以及沉淀，最终形成了求同存异、兼收并蓄的最辉煌最灿烂的中华文明。

五千年来，薪火相传，一脉相承，伟大的中华文化是世界上唯一绵延不绝而从没中断的古老文化，并始终充满了生机与活力，其根本的原因在于具有强大的包容性和广博性，并充分展现了顽强的生命力和神奇的文化奇观。中华文化的力量，已经深深熔铸到我们的生命力、创造力和凝聚力中，是我们民族的基因。中华民族的精神，也已深深植根于绵延数千年的优秀文化传统之中，是我们的根和魂。

中国文化博大精深，是中华各族人民五千年来创造、传承下来的物质文明和精神文明的总和，其内容包罗万象，浩若星汉，具有很强文化纵深，蕴含丰富宝藏。传承和弘扬优秀民族文化传统，保护民族文化遗产，建设更加优秀的新的中华文化，这是建设美丽中国的根本。

总之，要建设美丽的中国，实现中华文化伟大复兴，首先要站在传统文化前沿，薪火相传，一脉相承，宏扬和发展五千年来优秀的、光明的、先进的、科学的、文明的和自豪的文化，融合古今中外一切文化精华，构建具有中国特色的现代民族文化，向世界和未来展示中华民族的文化力量、文化价值与文化风采，让美丽中国更加辉煌出彩。

为此，在有关部门和专家指导下，我们收集整理了大量古今资料和最新研究成果，特别编撰了本套大型丛书。主要包括万里锦绣河山、悠久文明历史、独特地域风采、深厚建筑古蕴、名胜古迹奇观、珍贵物宝天华、博大精深汉语、千秋辉煌美术、绝美歌舞戏剧、淳朴民风习俗等，充分显示了美丽中国的中华民族厚重文化底蕴和强大民族凝聚力，具有极强系统性、广博性和规模性。

本套丛书唯美展现，美不胜收，语言通俗，图文并茂，形象直观，古风古雅，具有很强可读性、欣赏性和知识性，能够让广大读者全面感受到美丽中国丰富内涵的方方面面，能够增强民族自尊心和文化自豪感，并能很好继承和弘扬中华文化，创造未来中国特色的先进民族文化，引领中华民族走向伟大复兴，实现建设美丽中国的伟大梦想。

目 录

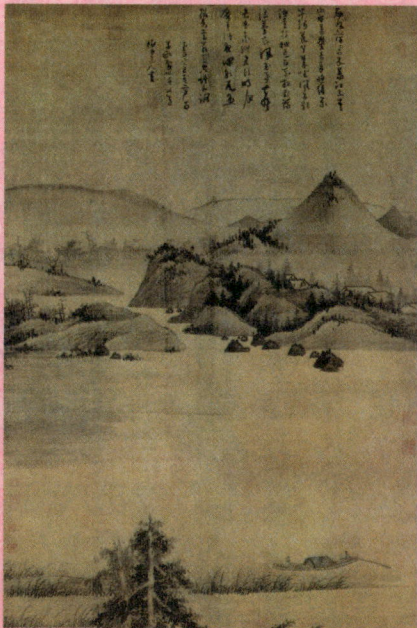

唐代词

　　词是一种配合新兴音乐的诗体，又称"曲子词""琴趣""乐府""诗余"等，因为词的句式长短不一，因此又有"长短句"之名。

　　词按调填写而成，调有调名，又称"词牌名"。每种词调一般都分为上下两章，称"上片""下片"，或"上阕""下阕"，还有分为三片、四片的长调。

　　词的形成经历了由民间到文人创作的长期过程，一般认为，词孕育于南北朝后期，产生于隋唐之际，中唐以后文人创作渐多，晚唐五代日趋繁荣。

大众性浓郁的敦煌曲子词

在我国文学史上，我们能看到的最早的诗是距今3000年左右的《诗经》，这是我国最早的一部诗歌总集，其内容有"风""雅""颂"3个部分，这是从音乐角度上分的。

继《诗经》之后，公元前4世纪，在楚国出现了一种新的诗体，叫"楚辞"，它的创始人是屈原。后来，汉朝人把屈原、宋玉等人写的作品编成一书，叫《楚辞》。《楚辞》突破了《诗经》的四字句，发展为五言句、七言句，即把偶字句变为奇字句，不但能更好地表达思想感情，而且韵律和

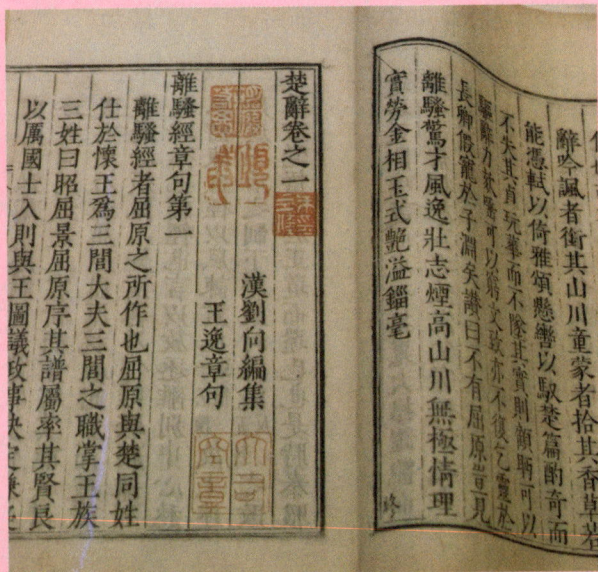

节奏也更富于音乐性。

到了汉代，出现了为配合音乐而歌唱的诗，即"乐府诗"。在语言上有四言、五言、杂言，但大多数是五言。

词是一种配合新兴音乐演唱的新诗体，是配合音乐可以歌唱的乐府诗，但是它不是直接从汉代的乐府诗中产生与发展起来的。它完全是当时一种新兴的歌诗，在各方面保有自己的特点，并从发展过程中形成自己独立的传统。

隋唐时期的音乐有3个系统。北宋学者沈括《梦溪笔谈》卷五记载：

> 自唐天宝十三载，始诏法曲与胡部合奏，自此乐奏全失古法。以先王之乐为雅乐，前世新声为清乐，合胡部者为宴乐。

"雅乐"是汉魏以前的古乐；"清乐"是清商曲的简称，大部分是汉魏六朝以来的"街陌谣讴"；"宴乐"即宴会时演奏的音乐，主要成分是西域音乐,是西部各民族的音乐。

远在北魏北周时期,西域音乐已陆续由印度、中亚细亚经新疆、甘肃传入中原一带。到了隋唐时期,由于国际交通贸易的畅通发达,文化交流的广泛频繁和商业都市的繁荣兴盛,这种"胡乐"更大量传入并普遍流行起来。

"燕乐"就是以这种大量传入的胡乐为主体的新乐,其中包含一部分民间音乐的成分。燕乐是中外音乐交融结合而成的一种新音乐。

词所配合的新兴音乐主要指的就是燕乐。燕乐的主要乐器是琵琶。琵琶是一种弦乐器,共有28调,繁复多变化,在音律上有很大发展,可以用它来创制出无数动人美听的新鲜乐曲。

燕乐在社会上风行一时,对文人诗歌和民间乐曲发生了很大的影响。词的产生和创作,其大部分就是为配合这种流行的新乐的曲调。配合燕乐曲调填制长短句的歌词,在唐代是较晚出现的。最早的词是在敦煌莫高窟发现的敦煌曲子词。

敦煌曲子词内容广泛，形式活泼，风格繁复，有鲜明的个性特征和浓郁的生活气息，反映了词兴起于民间时的原始形态。

敦煌曲子词的内容是相当广泛的，《敦煌曲子词集·叙录》评敦煌曲子词：

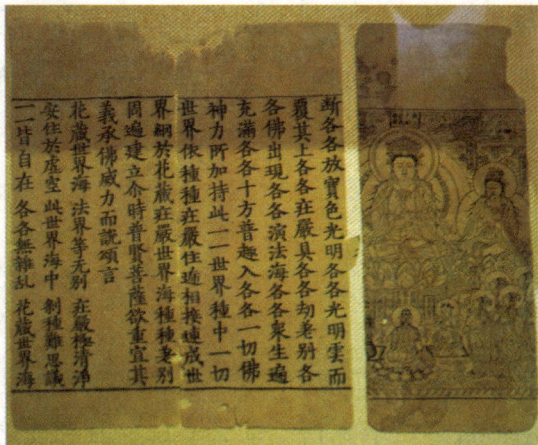

有边客游子之呻吟，忠臣义士之壮语，隐君子之怡情悦志；少年学子之热望与失望，以及佛子之赞颂，医生之歌诀，莫不入调。其言闺情与花柳者，尚不及半。

敦煌曲子词中最突出的是，歌颂爱国统一这一内容的作品，如《菩萨蛮》：

敦煌古往出神将，感得诸蕃遥钦仰。效节望龙庭，麟台早有名。

只恨隔蕃部，情恳难申吐。早晚灭狼蕃，一齐拜圣颜。

该词作表达了边地军民为国戍边、收复国土的爱国情思。再如《望江南》中的"六绒尽来作百姓，压坛河陇定羌浑"表现了国家统一、民族和睦的愿望。

敦煌曲子词中反映女性生活和思想的题材最多，成就最高。《抛球乐》是一篇青楼歌妓的"忏悔录"，写一女子被玩弄、被抛弃的遭遇以及因此带来的内心痛苦与事后的追悔。她懊恨自己的真情付出，悔不该不听从姊妹们当初好意的劝诫，下面是她的自述：

珠泪纷纷湿罗绮，少年公子负恩多。当初姊妹分明道，莫把真心过于他。子细思量着，淡薄知闻解好么？

自述诚挚深切，动人心扉。其感受之真、体味之切、语意之痛，唯有此中人才有这般诉说。

《望江南》也是闺中怨歌，想起"负心人"，就抑制不住内心的苦恨，"多情女子负心汉"，是古代民间的一个常见性主题。这首词构思得新颖别致，增加了抒情的艺术表现力：

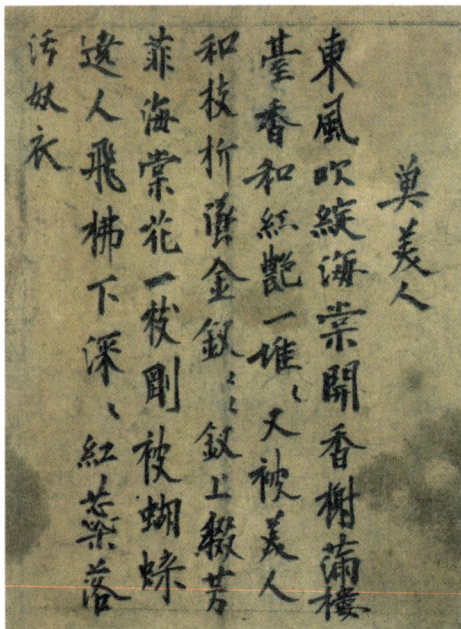

天上月，遥望似一团银。夜久更阑风渐紧，为奴吹散月边云，照见负心人。

又如《菩萨蛮·枕前发尽千般愿》写的是一位恋人向其所爱者的陈词。为了表达对爱情的坚贞不渝，词中使用了一连串精美的比喻立下爱情誓言：

枕前尽千般愿，要休且

待青山烂。水面上秤锤浮，直待黄河彻底枯。

白日参辰现，北斗回南面。休即未能休，且待三更见日头。

这首词无论是从思想内容还是表现手法上都与汉乐府《上邪》一脉相承，表现男女青年追求自主真诚爱情的决心，具有震撼人心的力量。

敦煌曲子词不仅题材广阔，内容丰富，同时在艺术上也保留了民间作品那种质朴与清新的特点，风格也较为多样。正是这种流传在下层人民中间的民间词哺育了文人，促进了文人词的创作和发展。同时，在敦煌发现的曲子词里，还保存下一些在现存唐代文人词中很少见的长调。

敦煌曲子词风格豪迈婉曲兼备，调式小令慢词皆有，都以明快质朴、刚健清新为基调。敦煌曲子词富有生活情趣，比喻生动丰富，语言爽直俚白，如《鹊踏枝·叵耐灵鹊多谩语》：

巨耐灵鹊多谩语，送喜何曾有凭据？几度飞来活捉取，锁上金笼休共语。

比拟好心来送喜，谁知锁我在金笼里。欲他征夫早归来，腾身却放我向青云里。

词的上片是少妇语，下片是灵鹊语。全词纯用口语，模拟心理，得无理而有理之妙，体现了刚健清新、妙趣横生的艺术特色。

上片在于表明少妇的"锁"，下片在于表明灵鹊的要求"放"，这一"锁"一"放"之间，已具备了矛盾的发展、情节的推移、感情的流露、心理的呈现、形象的塑造。

知识点滴

莫高窟俗称"千佛洞"，坐落在河西走廊西端的敦煌，它始建于十六国的前秦时期，历经十六国、北朝、隋、唐、五代、西夏、元等历代的兴建，形成巨大的规模。莫高窟有400多个洞窟，里面有大面积的壁画和4000多件泥质彩塑以及5万多件古代文物，是名副其实的艺术宝库。

敦煌曲子词就是在敦煌莫高窟发现的艺术瑰宝。学者王重民1934年在法国国家图书馆整理敦煌遗书，集录曲子词213首。经过校补，去掉重复的51首，编成《敦煌曲子词集》。

收录敦煌卷子中清理的唐五代词曲161首。上卷为长短句，中卷为唐人写本《云谣集杂曲子》，下卷为乐府。《敦煌曲子词集》成为研究敦煌词的重要参考资料。

中唐时文人作词之风渐开

民间曲子词生动活泼，很快在民间兴起，中唐的一批诗人，开始留意这种新生文体，并在民间词的基础上进行新的尝试。韦应物、戴叔伦、张志和、王建、白居易、刘禹锡等人竞相试作，作词之风气渐开，他们所用词牌不多，全是小令。

韦应物因出任过苏州刺史，世称"韦苏州"。他擅长作诗，其诗风恬淡高远，以写景和隐逸生活著称。韦应物的词有《调笑令·胡马》两首，其中《调笑令·胡马》为：

胡马，胡马，远放燕支山下。跑沙跑雪独嘶，东望

西望路迷。迷路，迷路，边草无穷日暮。

这首小令运用象征的手法，表现离乡远戍的士卒的孤独和惆怅。作者以清晰的线条，单纯的色调描绘了边地辽阔的草原风光和彷徨在这奇异雄壮的大自然中的胡马的形象。语言浅直而意蕴深曲。

这首词笔意回环，音调宛转。它不拘于马的描写，而意在草原风光；表面只咏物写景，实则处处蕴含着饱满的激情。

戴叔伦，曾任新城令、东阳令、抚州刺史、容管经略使。晚年上表自请为道士。他主张：

诗家之景，如蓝田日暖，良玉生烟，可望而不可置于眉睫之前也。

简单来说，就是戴叔伦要求诗中写景要有韵致，有余味。戴叔伦有一首《调笑令》词可见他追求情景相融所产生的艺术效果。

边草，边草，边草尽来兵老。山南山北雪晴，千里万里月明。明月，明月，胡笳一声愁绝。

这首边塞词抒写了久戍边陲的士兵冬夜对月思乡望归的心情。词借助草、雪、月、笳等景物来写征人的心情，也表露了作者对征人的深切同情，情在景中，蕴藉有味。

张志和所作的《渔父歌》，《全唐诗》调名作渔父。《花间集》收录时，把调名变更为《渔歌子》，共5首，抒写自然山水美景和自己的闲淡情趣。其中一首《渔歌子·西塞山前白鹭飞》广为流传：

西塞山前白鹭飞，桃花流水鳜鱼肥。青箬笠，绿蓑衣，斜风细雨不须归。

寥寥几笔描绘出一幅色彩鲜明的南国水乡图。这组词和者甚众，据说连日本嵯峨天皇也有和作。

王建，大历年进士，他一生沉沦下僚，生活贫困，有机会接触社会现实，了解人民疾苦，写出了大量优秀的乐府诗。

除乐府诗以外，王建擅长写《宫词》。他写有《宫词》百首，以白描见长，突破前人抒写宫怨的窠臼，广泛地描绘宫禁中的宫阙楼台、早朝仪式、节日风光，以及君王的行乐游猎，歌伎乐工的歌舞弹唱，宫女的生活和各种宫禁琐事，

犹如一幅幅风俗图画。

王建的一首宫词《宫中调笑·团扇》很有代表性。全词如下：

> 团扇，团扇，美人病来遮面。玉颜憔悴三年，谁复商量管弦。弦管，弦管，春草昭阳路断。

王建还写过《宫中三台》和《江南三台》等小令。在中唐文人词作者中，他占有十分重要的地位。

元和年间之后，文人作词者更多，其中以白居易和刘禹锡最为著名。

如白居易的《忆江南》三首之一：

> 江南好，风景旧曾谙。日出江花红胜火，春来江水绿如蓝，能不忆江南？

词是以白描的手法写景言情，色彩明丽。白居易还写有一首《长

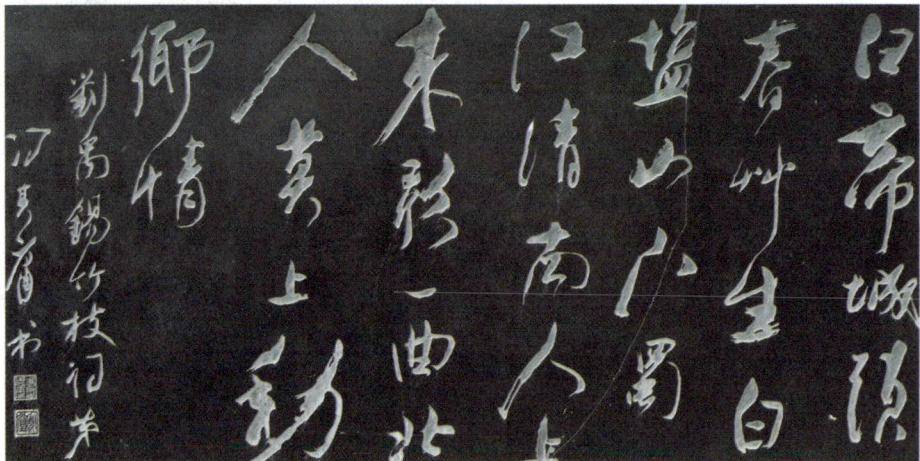

相思》：

> 汴水流，泗水流，流到瓜洲古渡头，吴山点点愁。
>
> 思悠悠，恨悠悠，恨到归时方始休，月明人倚楼。

全词既有民间曲子词的真挚生动，又避免了其粗疏俚直。全词以"恨"写"爱"，用浅易流畅的语言，和谐的音律，表现人物的复杂感情。

特别是那一派流泻的月光，更烘托出哀怨忧伤的气氛，增强了艺术感染力，显示出这首小词言简意赅、词浅味深的特点。

刘禹锡的《竹枝词》《浪淘沙》等师法民间，清新活泼，亦诗亦词。《竹枝词》共九首，其一为：

白帝城头春草生，白盐山下蜀江清。
南人上来歌一曲，北人陌上动乡情。

而《忆江南》"春去也，多谢洛城人。弱柳从风疑举袂，丛兰浥露似沾巾。

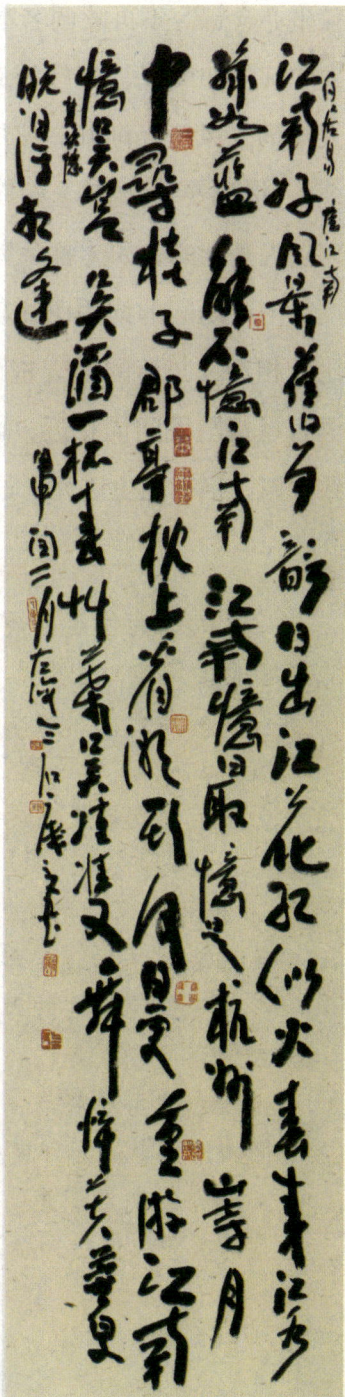

独坐亦含颦"不再咏调名本意，在意境上更加词化。

其他如顾况、韩翃等诗人也都有词作传世，这可以证明，盛中唐人作词之风已经渐开。盛中唐词的词牌很有限，常有的也就是《一七令》《忆长安》《调笑》《三台》等十几个，还有一些词牌是以整齐五七言句为基础的，如《菩萨蛮》《清平乐》等。

中唐期间的词用语比较口语化，诙谐生动，与民间词的语言风格比较相近，与诗的语言差距大，有向民间词学习的痕迹。中唐词不但语言风格与民间词相近，而且思想内容也比较接近，不过艺术上更精致细腻，格律上更讲究，这为晚唐词的成熟做出了贡献。

知识点滴

　　文人词的作品，最早的著作权记录在天才李白名下。今传为李白的词作，且不论其真伪及是否可归入词体，共有20余首。其中有《尊前集》收录《连理枝》1首、《清平乐》5首、《菩萨蛮》3首、《清平调》3首，计12首。南宋邵博《邵氏闻见后录》卷十九收录《忆秦娥》1首；明卓人月《古今词统》卷一收录《竹枝词》2首；明周瑛等《词学筌蹄》卷五收录《长相思》1首；清程洪等《记红集》卷一收录《秋风清》1首。其中的1首《菩萨蛮》和1首《忆秦娥》被誉为"百代词祖"。

　　关于这两首词的著作权是否归属李白，争议颇多。认为是李白的主要观点是以为唯有李白这样的才气才写得出来；认为不是李白的主要观点，是以为这两首词艺术上太成熟，比晚些时间的词作者的词作更成熟，有点"超越时代"。

　　双方的观点都是"凭感觉"，并无多少说服力，所以这两首词的著作权依然存疑。

晚唐词的发展与走向成熟

在晚唐和五代时期，词得到了很大的发展。晚唐时期，词人的主要代表人物是温庭筠和韦庄；五代时，词有两个创作中心，一是前、后蜀，也可以称为"西蜀"，另一个是南唐。

温庭筠富有才气，文思敏捷，每入试，押官韵，八叉手而成八韵，所以也有"温八叉"之称。

温庭筠有个不好的"习惯"，那就是他恃才不羁，又好讥刺权贵，多犯忌讳，因此被当时的权贵所憎恶，这也是他屡次举进士不第的原因，也由此长期被贬抑，终生不得志。

温庭筠是第一个大量写词的人，也是彻底体现词的"诗余"特征的词作者。他精通音律，"能逐弦吹之音，为侧艳之词"。他是花间词派中

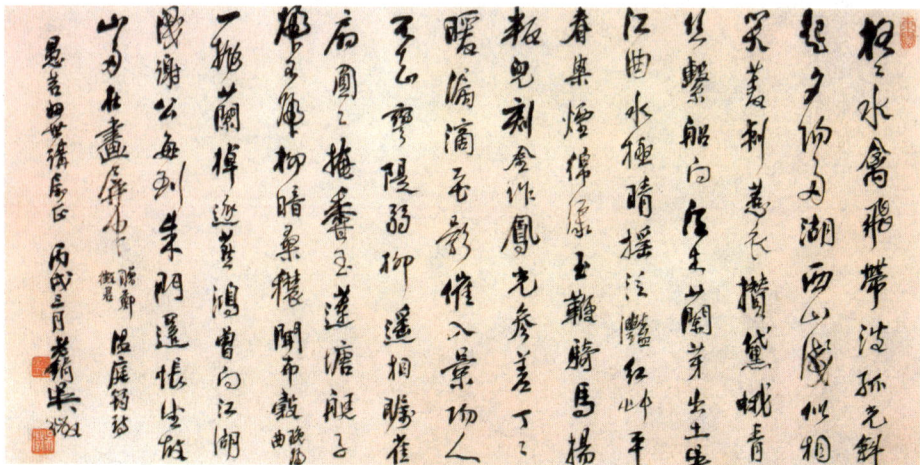

词写得最好的文人，因此，赵崇祚编纂的《花间集》把他列为首位。从某种意义上说，以小令写柔情、艳情的婉约传统，正是由温庭筠奠定的。

温庭筠的词题材非常狭窄，词的内容都是写男女思慕或离愁别绪的情感，如《女冠子》写女道士艳情。《定西蕃》《蕃女怨》写戍妇念征夫。《荷叶杯》写采莲女的采莲生活和相思。

温庭筠词的内容多与本调题意相合，这是文人填词初始阶段的特点。温庭筠的词语言华丽，意象密集，结构曲折。

温庭筠词作有六七十首，所含曲调达19种，其中如《诉衷情》《荷叶杯》《河传》等，句式变化大，节奏转换快，与诗的音律差别很大，必须熟悉音乐，严格地"倚声填词"。看看这首《河传》：

湖上，闲望。雨萧萧，烟浦花桥路遥。谢娘翠娥愁不销，终朝，梦魂迷晚潮。

荡子天涯归棹远，春已晚，莺语空肠断。若耶溪，溪水西，柳堤，不闻郎马嘶。

　　这首词句式参差，节奏多变，韵脚频转，与诗的节奏韵律是完全不同的。词的艺术个性特征在温庭筠这儿已经充分形成。清学者陈廷焯《白雨斋词话》曾说："《河传》一调，最难合拍，飞卿振其蒙，五代而后，便成绝响。"

　　《菩萨蛮》14首被认为是温庭筠的代表作，其中《菩萨蛮·小山重叠金明灭》为：

　　　　小山重叠金明灭，鬓云欲度香腮雪。懒起画娥眉，弄妆
梳洗迟。
　　　　照花前后镜，花面交相映。新帖绣罗襦，双双金鹧鸪。

　　这首词以秾丽细腻的笔调描画了一个慵懒娇媚的女子晨起梳妆的情景，末句以"双双金鹧鸪"反衬女子的孤单，含蓄曲折。词调两句一转韵，平仄对转，节奏纡徐回环，是极其成熟的词作。

　　温庭筠写情别具精彩，如他的《梦江南》"梳洗罢，独倚望江楼。过尽千帆皆不是，斜晖脉脉水悠悠，肠断白蘋洲"用白描的手法写来余味隽永，开南唐后主词风的先河。

　　晚唐另一位影响巨大的词人是韦庄，诗人韦应物的四世孙。韦庄家境贫寒，屡试不第。59岁时终于进士及第，官至补阙。他的作品早期以诗为主，而晚期以词为主，写下了大量的词作。他

作的词与温庭筠不同，温庭筠的词恣意为"艳侧之词"，是欢场的作品。

而韦庄词则开了士大夫自抒情怀的局面，他的词没有了华丽的辞藻，没有了晦涩的意象，没有了曲折的结构，用词遣句也清新自然，不是一味秾丽，呈现了新的面貌，相比之下，韦庄的词对后世文人的影响更大。

韦庄的词作最被人称道的代表作是《菩萨蛮》：

人人尽说江南好，游人只合江南老。春水碧于天，画船听雨眠。

垆边人似月，皓腕凝霜雪。未老莫还乡，还乡须断肠。

洛阳城里春光好，洛阳才子他乡老。柳暗魏王堤，此时心转迷。

桃花春水渌，水上鸳鸯浴。凝恨对残晖，忆君君不知。

词中将漂泊之感、亡国之痛、思乡之情交融浓缩，以浅淡之语表达深沉之情。

韦庄词的主要内容也是关于男欢女爱，离愁别恨的。但由于掺入了家国之痛，身世之悲，所以写得深沉悲痛，再看：

记得那年花下，深夜，初识谢娘时。水堂西面画帘垂，携手暗相期。

惆怅晓莺残月，相别，从此隔音尘。如今俱是异乡人，相见更无因。

从中可以看出韦庄的词注重个人感情的抒发，不同于温庭筠的词多客观描写，主要供歌伎演唱。

晚唐"温韦"时期，标志着词的充分成熟。韦庄把词带进了蜀地，开启了"西蜀词"的局面。而"温韦"的词又直接影响了"南唐词"。完全可以说，五代词是晚唐词的延续和发展。

温庭筠曾经常出入令狐绹相府中，并受到了相国令狐绹很好的招待。当时唐宣宗喜欢曲词《菩萨蛮》，令狐绹暗自请温庭筠代己新填《菩萨蛮》词以进献给皇上看。令狐绹嘱咐温庭筠千万不要将这件事泄漏出去，而温庭筠却将此事传了开来，令令狐绹大为不满。

唐宣宗赋诗，上句有"金步摇"，未能对，让未第进士对之，温庭筠以"玉条脱"对之，唐宣宗很高兴，予以赏赐。令狐绹不知"玉条脱"之说，问温庭筠。

温庭筠告他出自《南华经》，并且说，《南华经》并非僻书，相国公务之暇，也应看点书。

言外之意说令狐绹不读书，又曾对人说"中书省内坐将军"，讥讽令狐绹无学。令狐绹因此更加恨温庭筠。令狐绹抓住机会上奏温庭筠有才无行，不宜与第。由此温庭筠一直未中第，不仅不第，温庭筠还落下了品行不好的坏名声。

知识点滴

花间词派形成和艺术成就

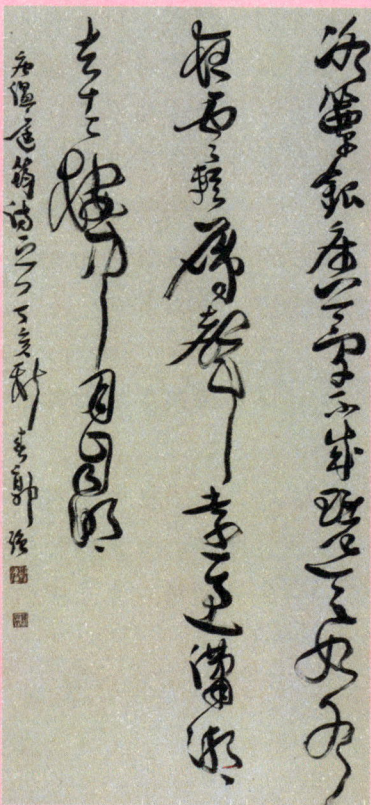

《花间集》是五代后蜀赵崇祚编选的我国文学史上第一部文人词总集，收辑温庭筠、韦庄等18家共500首词。因其作者大多是蜀人，词风近似，故史称"花间词派"，作者亦被称为"花间词人"。

《花间集》的作品具有明显的共同点：第一，体裁上都以起源于民间的"小调"为抒写形式；第二，内容多描写男女相恋，悲欢离恨，离愁别绪；第三，创作风格偏于阴柔之美，有文小、质轻、径狭、境隐等特征。

《花间集》所收录的词只有小令和中调，而没有长调慢词。这并不是选者

对小令有所偏好摒弃慢词而不收录，而是因为从晚唐至五代，甚至在北宋初年，慢词还没有发展出来。

温庭筠和韦庄为"花间"作家群的领袖人物。花间派词人奉温庭筠为"鼻祖"，以"温韦"并称的两位花间词派大师，温以浓艳细腻、婉约含蓄见长，而韦以清丽疏朗、率直明快取胜。

如温庭筠《菩萨蛮》上阕：

水晶帘里颇黎枕，暖香惹梦鸳鸯锦。江上柳如烟，雁飞残月天。

一首词的上半阕就写出居者和行者在不同环境下的两种心情：居者的环境是那样温暖舒适，行者的环境是那样荒凉凄清，两者相形，从而突出怨别相思的情绪，意象绵密，曲折隐晦。

又如韦庄《菩萨蛮》：

如今却忆江南乐，当时少年春衫薄。骑马倚斜桥，满楼红袖招。

翠屏金屈曲，醉入花丛宿。此度见花枝，白头誓不归。

全词只有一件事情一层意思，一气呵成，明白易解。

花间词派的形成，有它深刻的社会政治和文学原因。晚唐时局动荡，五代西蜀苟安，君臣醉生梦死，狎妓宴饮，耽于声色犬马。正如欧阳炯《花间集序》中所述："家家之香径，春风宁寻越艳；处处之红楼，夜月自锁嫦娥"。花间词正是这种颓靡世风的产物。

晚唐五代诗人的心态，已由拯世济时转为绮思艳情，而他们的才力在中唐诗歌的繁荣发展之后，也不足以标新立异，于是把审美情趣由社会人生转向歌舞宴乐，专以深细婉曲的笔调，浓重艳丽的色彩写官能感受、内心体验。

晚唐李贺、李商隐、温庭筠、韩偓等人的部分诗歌，又在题材和表现手法上为花间词的创作提供了借鉴。词在晚唐五代便成了文人填写的、供君臣宴乐之间歌伎乐工演唱的曲子。

欧阳炯在《花间集序》中记载：

绮宴公子，绣幌佳人，递叶叶之花笺，文抽丽锦；举纤纤之玉指，拍按香檀。不无清绝之辞，用助娇娆之态。

这就说明了花间词的题材和风格，就是以"绮罗香泽"为主。

《花间集》中也有少数表现边塞生活和异域风情的词，如牛希济的《定西番》，表现塞外荒寒，征人梦苦，风格苍凉悲壮；李珣的

《南乡子》、孙光宪的《风流子》，表现南国渔村的风俗人情，也较清疏质朴。如李珣的《南乡子·渔市散》：

渔市散，渡船稀，越南云树望中微。行客待潮天欲暮，送春浦，愁听猩猩啼瘴雨。

这首词，前三句从空间落笔，后三句从时间着墨，或即景抒情，或缘情写景，景中有情，情中有景，处处落在一个"愁"字上面，是一篇情景交融的佳作。

除了温庭筠和韦庄外，欧阳炯也是花间词派的大家，《花间集》的序就是他写的。欧阳炯的《花间集序》展现了花间词的类型风格："镂玉雕琼，拟化工而迥巧；裁花剪叶，夺春艳以争鲜。是以唱《云谣》则金母词清；挹霞醴则穆王心醉。"

欧阳炯的词传世不多，然而却多有绝妙之笔。比如他的《清平

乐》，虽然在意境上确实没有出彩的地方，与一般描写春愁的诗词无二，但是用字十分有特色。这首词写道：

春来阶砌，春雨如丝细。春地满飘春杏蒂，春燕舞随风势。春幡春细缕春缯，春闺一点春灯。自是春心缭乱，非干春梦无凭。

诗词句句重复一个"春"字，五代之前早已有这样的写法，如南朝乐府民歌《西洲曲》中重复的"莲"字，但是欧阳炯八句竟然用了10个"春"字，而且一点儿不感觉别扭，可谓奇文。

上阕欧阳炯从石阶缝隙中长出的春草、丝细的春雨、飘落的春杏让人产生冬去春来，季节更替的感觉。然而"忽见陌头杨柳色"春天已经到来，自己却孤身一人，闺妇如何能不"悔叫夫君觅封侯"？

"春幡"乃是春天出游插在鬓

角的小春旗，如今丈夫在外，虽然已经到了杏花的飘飞季节，春旗还闲置在那里，无心收拾。可见闺妇在等待中的矛盾、惆怅的心情。

最后两句是说她做了个好梦，梦见心爱的人回家，梦醒后却只有思念陪伴她。这样的结尾，细品其中滋味，不能不让人赞叹。

花间词创造了诸多的艺术成就，有着巨大艺术魅力，它所描绘的景物富丽，意象繁多，构图华美，刻画工细，具有较高的审美价值，能唤起读者视觉、听觉、嗅觉的美感。

花间词在语汇、结构、表现技巧、意境构成等方面形成了"别是一家"的体制规范。花间词产生了一批艺术精湛的作品。

这些作品在内容上记录了那个时代人们的思想感情，具有真实的历史认识价值。在艺术上，它们在描摹景物和模拟人物情感上具有高超的技巧，将人物的内心世界刻画得真切感人。

大多数花间词作品的表达过程本身就是一个叙事过程，是通过一个故事情节和情景来实现情感抒发的。词中女主人公的活动范围往往局限在一个狭小的空间。所以，叙述过程便在一个特定的画面内展开。也正因为如此，花间词发展出了一种与唐诗迥然不同的叙述性抒情风格。

花间词在意象方面有独特之处，花间词的意象呈现大多带有一般意象的性质，它们往往不是对特殊和具体对象的真实摹写，与对象内容并不具有严格的对应性，而带有非写实的泛化描写特点。

花间词意象从总体上看，范围并不宽阔，大体上可归为人物情态、动物、植物、天候与场景意象五类，而社会与政治生活类意象则罕见。

花间词作品的绝大多数意象，都流溢着女性的婉约，而突出的表现，是对场景、器、物和人的形态声色的描绘。

花间词带有女性色彩的意象组接，其突出倾向是大量转借移置传统诗歌中富于情爱生活象征或意味的词组，如春花、秋月、柳絮、杏花、云鬓、眉黛、珠泪、纤腰、帘幕、帷屏、山枕、锦衾、魂梦、别恨、惆怅等。

花间词在抒情表现上以侧艳为主，创造出绮而怨的审美情趣，从而奠定了"词为艳科"的当行本色。

花间词是词发展过程中的历史必然阶段，它奠定了词的基本特质，虽然它处在稚嫩的发展阶段，但作为词体的缘情特征、抒情内容、抒情方式、抒情手法等都已经基本奠定了，对后世词的发展有着重要的影响力。

知识点滴

《花间集》中收得最多的是温庭筠的词，共66首，其他依次为孙光宪61首、顾敻55首、韦庄47首，作序者欧阳炯17首，最少的是鹿虔扆和尹鹗，每人各6首。编选者赵崇祚自己一首也没有，可见编选者态度客观，毫无私心。

《花间集》入选的作者也不限于后蜀一地。例如孙光宪虽是蜀人，却长期不在蜀地生活，《花间》结集时他也不在蜀，而他的词却被选了61首之多，仅次于温庭筠。其中有的词说到"木棉"和"越禽"，说到"铜鼓与蛮歌"，都是咏南方的风物，可见编选者的材料来源不限于蜀地。

所以不应该把《花间集》当作某一地方作家的选集，而是代表我国在10世纪30年代至11世纪40年代100多年中新兴起来的一种抒情诗歌的总集。

宋元词

　　北宋时期词的创作情况分两个时期，北宋前期和北宋中后期。北宋前期，富贵闲情词较为流行，较多地因袭了唐和五代文人词风，但因袭中又突显清新的革新之气，代表词人是范仲淹、王安石、柳永等人。宋代中后期，以苏轼、周邦彦为代表的词人，在词的创作上取得了巨大的成就，特别是苏轼的创作使词成为一种独立的诗体，标志着宋体词的成熟。

　　进入南宋后，文坛发生了巨大的变化，文学进一步与现实结合起来，词的变化最大，不再像北宋末年那样，一味讲究含蓄浑厚、圆柔婉约，而是在新的环境下成为言志抒情的载体，词的风格也随之丰富，雄壮慷慨、苍凉悲沉者皆有。

婉约典丽的北宋前期小令

北宋初期，词的风格依然是前朝的风貌，但在旧风貌中却酝酿着新的生机。有名的词人有晏殊、范仲淹、欧阳修、张先、柳永等。

晏殊和欧阳修受南唐词人冯延巳的影响较大，善以短章小令抒写艳情闲愁、离情别绪或优雅情趣，二人齐名，号称"晏欧"。

他们的创作代表了北宋前期词风的基本倾向。另外，晏殊有个幼子叫晏几道，同样擅长小令，词风婉丽。

晏殊，少年时有神童之誉，长大后，长期身居朝廷显要，官至宰相。晏殊在文学上有多方面的成就和贡献。

他能诗、善词，文章典丽，同时又精于书法，而以词最为突出，他的《珠玉词》存词140首，数量上大大超过了北宋初年的词作家。

晏殊的词吸收了南唐"花间派"和冯延巳的典雅流丽词风，开创了北宋婉约词风，被称为"北宋倚声家之初祖"。

晏殊的词题材上以相思别怨为主，词调上采用小令形式，通过自然景物、季节变化的描写来抒写人物内心的感受，流露出一种生命有限、时光流逝的忧伤。如他的名词《浣溪沙·一曲新词酒一杯》：

一曲新词酒一杯，去年天气旧亭台，夕阳西下几时回？
无可奈何花落去，似曾相识燕归来，小园香径独徘徊。

另一篇《浣溪沙·一向年光有限身》：

一向年光有限身，等闲离别易销魂，酒筵歌席莫辞频。
满目山河空念远，落花风雨更伤春，不如怜取眼前人。

词中蕴含着含蓄的淡淡的哀愁，但又透着一种达观思想：既然时光流逝、人生无常是人类无可奈何的共同悲剧，那么何妨达观面对世事人生，或去"怜取眼前人"，或如年年回归的燕子一样以一种"似曾相识"的亲切，领悟宇宙循环的永恒。

晏殊善于以淡雅之笔写富贵之

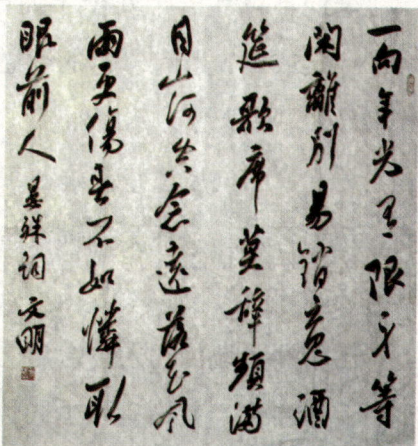

态，以清新之笔写男女之情，显得神清气远、蕴藉雅健。他曾自诩道："余每吟富贵，不言金玉锦绣，而惟说其气象……如'梨花院落溶溶月，柳絮池塘淡淡风'之类是也。"

晏几道，著名词人，晏殊第七子。历任颍昌府许田镇监、乾宁军通判、开封府判官等。他的词风哀感缠绵、清壮顿挫，词技巧圆熟，如他的《鹧鸪天·彩袖殷勤捧玉钟》：

彩袖殷勤捧玉钟，当年拼却醉颜红。舞低杨柳楼心月，歌尽桃花扇底风。

从别后，忆相逢，几回魂梦与君同。今宵剩把银釭照，犹恐相逢是梦中。

全词不过才五十几个字而已，却能造成两种境界，互相补充配合，或实或虚，既有彩色的绚烂，又有声音的谐美，其情其语就像一片水晶，晶莹天然，不假外装。

晏几道的词风浓挚深婉，工于言情，既有其父晏殊词风的清丽婉曲，语多浑成；又比晏殊词沉挚、悲凉。特别是在言情词上，更优于其父晏殊。

由于社会地位和人生遭遇的不同，晏几道词作的思想内容比晏殊词要深刻得多。其中有不少同情歌妓舞女命运、歌颂她们美好心灵的篇章。也有关于个人情事的回忆和描写。通过个人遭遇的昨梦前尘，抒写人世的悲欢离合，笔调感伤，凄婉动人。在有些作品中，表现出不合世俗、傲视权贵的态度和性格。

晏几道的《小山词》是具有鲜明个性的抒情小令。工于言情，但很少尽情直抒，多出之以婉曲之笔。《小山词》虽走其父晏殊词的婉约传统，却创造出新的艺术世界。

总体上看，晏几道的词艳而不俗，浅处皆深，将艳词小令从语言的精度和情感的深度两个层面上发展到极致。

欧阳修，自幼家境贫寒，后通过自己的努力进入仕途。欧阳修博学多才，诗、词、文俱佳。

与晏殊相比，欧阳修的词作情感要更为深刻，风格缠绵悱恻，其中不乏名言警句。他的名词《蝶恋花》中"庭院深深深几许""泪眼问花花不语，乱红飞过秋千去"的名句，令后人就赞赏不已。

欧阳修有的词作写得很浅、很俗，完全采用市井女子的口头语描写男女艳情，基调却不是悲伤之情，而是更多的带有欢快、浪漫乃至戏剧化的色彩，如《醉蓬莱·见羞容敛翠》等。

欧阳修借四处做官的机会徜徉和体悟自然山水，在面对人生的苦难和生命的追问时，也更善于借用自然的种种美好事物自我解脱。他借鉴民歌手法创作的咏西湖的《采桑子》就体现了这种特点。

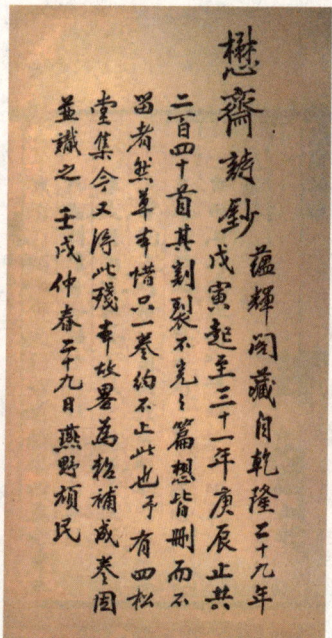

群芳过后西湖好，狼籍残红，飞絮濛濛。垂柳阑干尽日风。
笙歌散尽游人去，始觉春空。垂下帘栊，双燕归来细雨中。

欧阳修的词对后世影响较大，清代学者冯煦《蒿庵论词》评论他说："欧阳文忠与晏元献同出南唐，而深致则过之。疏隽开子瞻，深婉开少游。"意思是欧阳修词中的疏隽之气对苏轼有启发之意，凄楚婉约之风又对秦观的词有重大影响。

一次，晏殊路过扬州，在城里走累了，就在一座庙休息。他看见墙上写了好些题诗，就让随从给他念墙上的诗。晏殊听了一会儿，觉得有一首诗写得挺不错，就问："哪位写的？"

随从回答说："写诗的人叫王琪。"

晏殊就叫人去找这个王琪。

王琪被找来了。晏殊跟他一聊，挺谈得来，就高兴地请他吃饭。两人吃完饭，一块儿到后花园去散步。这会儿正是晚春时候，满地都是落花。晏殊看了，猛地触动了自己的心事，对王琪说："我有个上句，您看可否对个下句。"

说完，晏殊就念了一句："无可奈何花落去"。王琪听了，马上就说："您可以对'似曾相识燕归来。'"

晏殊一听，拍手叫好，后来晏殊写了一首词《浣溪沙》，里边就用上了这副联语。

柳永开启北宋词新境界

　　北宋前期，除了晏殊和欧阳修以短章小令抒写艳情闲愁、离情别绪外，尚有一批词人别具情怀，显出了宋词的新变，这批代表词人有范仲淹、张先、王安石、柳永，其中柳永取得的成就最大。

　　范仲淹是著名的军事家、政治家，官至副宰相。他了解民间疾苦，深知宋王朝在政治、经济、军事等方面存在的问题，主张革除积弊，但没能实现。范仲淹的词仅存5首，却加入了新鲜的内容，以博大的胸怀开放意境，如《渔家傲·塞下秋来风景异》：

塞下秋来风景异，衡阳雁去无留意。四面边声连角起，千嶂里，长烟落日孤城闭。

浊酒一杯家万里，燕然未勒归无计。羌管悠悠霜满地，人不寐，将军白发征夫泪。

描摹了边塞雄阔风光和征人报国情怀，词风苍凉悲壮，开启了豪放派的先河。

张先，曾任安陆县的知县，因此人称"张安陆"。他的小令与晏殊、欧阳修并称，慢词又与柳永齐名。张先一生醉心风月，特别喜欢用"影"字来表现自然景物的朦胧与神韵，因"云破月来花弄影"等名句而获得"张三影"的称号。

张先率先在词中使用题序，打破了传统词作有调无题的定式，加强了词作描写的指向性和细节性，有些题序还标明送、别、赠字样，使词有了像诗歌一样的唱和酬答的功能。

王安石，其诗文各体皆擅长，词虽不多，但亦擅长，且有名作《桂枝香》等。王安石词的最大变化是开始在词中融入了政治家深沉

的历史感悟，如他的《桂枝香》一词在山河胜景中寄托了对六朝兴亡的反思，写景如画，意境高远。

最先真正开始转变北宋词风的是柳永，他取得的成就最大。柳永年轻时参加科举考试，可考了多次都没有考中，心灰意冷的柳永开始频繁与歌伎往来，并深入她们的生活中。后来，他把这些新鲜的生活内容都写到他的词里面去。

50岁左右时，柳永终于考中进士，然后在地方上做了几任小官，但生活依然不如意。

柳永的《乐章集》存词200多首。他是北宋以来第一个专力写词的作家，从体制、题材、艺术手法等方面都给宋词以重大影响。

作为一个专业词人，柳永精通音律，能创制词的曲调，在宋词所用的880多个词调中，就有100多个曲调是柳永的首创或第一次使用。

在词史上，柳永不仅能创制新曲调，还大力写作慢词，从根本上改变了唐五代以来小令一统词坛的局面，使小令和慢词两种体式分途

共进。

慢词加长了词的篇幅，少则八九十字，多则一两百字，大大扩充了词的容量，也提高了词表现生活、抒情写意的能力。柳永在这方面功不可没。

正如清代宋翔凤《乐府馀论》所指出的那样："耆卿失意无俚，流连坊曲，遂尽收俚俗语言编入词中，以便使人传习，一时动听，散播四方。其后东坡、少游、山谷辈相继有作，慢词遂盛。"

柳永拓展了词的表现题材，他一度混迹于歌楼妓院，为妓女们写作歌词，供她在各种场合为市民大众演唱。歌词反映了市民的爱情生活，写出了平民女性失恋的苦闷和被遗弃的幽怨。

由于柳永主动适应市民大众生活的文艺需求，使他的词作在民间得到广泛传播，以致"凡有井水饮处，即能歌柳词"。

柳永一生漫游过许多城市，对北宋都市的繁华、市民生活的多姿多彩有深切的体会。他的《望海潮·东南形胜》对风景优美、人口繁密、商品丰盛、市民活跃的杭州城市面貌一一作了描绘：

东南形胜，江吴都会，钱塘自古繁华。烟柳画桥，风帘翠幕，参差十万人家。云树绕堤沙。怒涛卷霜雪，天堑无涯。市列珠玑，户盈罗绮，竞豪奢。

重湖叠巘清嘉。有三秋桂子，十里荷花。羌管弄晴，菱歌泛夜，嬉嬉钓叟莲娃。千骑拥高牙。乘醉听箫鼓，吟赏烟霞。异日图将好景，归去凤池夸。

柳永在词的创作内容上注入新鲜的成分，同时在写作技巧上也作了创新，为词的发展作出了很大的贡献。

为了填写慢词，柳永还发展了一系列的表现手法，如不再像小令那样只写一刹那间的感觉和一景一物，而是开合起伏，铺叙曼延，使词从单纯的感受发展为复杂的过程，体现了层次结构上的多重性。

柳永善于将叙事、抒情、写景融合在一起，综合表达，尤善于借景抒情。在表现羁旅行役题材时，又尤善于借秋天凄风苦雨之景来抒发失意幽怨之情，使外在画面与内在感情极为谐调。

此外，柳永还善于对景物、心理、动作作具体细腻的描述，善于描写典型的场景和具有戏剧性的瞬间来加强铺叙的效果。如《雨霖铃·寒蝉凄切》：

寒蝉凄切，对长亭晚，骤雨初歇。都门帐饮无绪，留恋处，兰舟催发。执手相看泪眼，竟无语凝咽。念去去千里烟波，暮霭沉沉楚天阔。

多情自古伤离别，更那堪，冷落清秋节。今宵酒醒何处？杨

柳岸，晓风残月。此去经年，应是良辰好景虚设。便纵有千种风情，更与何人说？

词作使用了铺叙的手法，它与比兴、抒情互相结合，起到了相得益彰的作用，既写出了离别的背景、过程、场面，又写出了离别时与离别后的凄切、怀念、苦闷，层次繁复而分明；又时而由景生情，时而化情为景，达到了情景的高度结合，还能刻画出"执手相看泪眼"等一系列细节，点染烘托。

柳永是一个将雅俗两种创作风格结合起来的作家，在词的领域里进行了多方面有益的探索，对宋词的发展起到了极大的推动作用。

知识点滴

柳永于1017年赴京赶考，没考上。他轻轻一笑，填词道："富贵岂由人，时会高志须酬。"

5年后，柳永又没考上，他便写了一首《鹤冲天》："黄金榜上，偶失龙头望。明代暂遗贤，如何向？未遂风云便，争不恣狂荡？何须论得志。才子词人，自是白衣卿相。烟花巷陌，依约丹青屏障。幸有意中人，堪寻访。且恁偎红翠，风流事，平生畅。青春都一晌。忍把浮名，换了浅斟低唱。"

这首词最后传到了宫里。当时的皇帝宋仁宗一听大为恼火。又过了3年，柳永再次参加考试，终于以他出众的才华通过了。但临到皇帝圈点放榜时，宋仁宗看到柳永的名字，想起了他那首《鹤冲天》，就在旁批道："且去浅斟低吟，何要浮名？"又把他的名字勾掉了。柳永知道后只好自我解嘲说："我是奉旨填词。"

苏轼纵横捭阖开创豪放派

　　苏轼生活在北宋中后期，词发展到苏轼手里，气象更是宏伟广阔，风格也发生了急剧的变化。他是继柳永之后，对词的发展起到极大的推动作用的另外一位重量级人物。

　　苏轼年轻时勤奋读书，21时岁就中了进士，接着便进入官场，但是他在官场上一直不顺利，他的性格乐观、胸襟旷达，接受了生活中的一切变故，内心安然坦荡，在坎坷中度过了一生。

　　苏轼是北宋词坛的大革新家，他的词从内容到风格都作了前所未有的改变。从花间词开始，一直到柳永，词始终没有脱离描写男女之情的范围。苏轼打破了这个

狭隘的传统，他写词所选择的题材大大扩大了，可谓"无意不可入，无事不可言"。

在苏轼的词里，怀古、送别、言志、旅怀、乡村、悼亡、闲适、风景等题材，都有其踪迹。可以这样说，凡是诗歌中可以表现的题材，在苏轼的词里完全可以表现，达到了与诗几乎相等的程度。

在苏轼众多的题材中，以三方面成就最高。一是抒情词。苏轼不但写传统的情词，更进而直接抒发自己的从政之情、爱国之情、怀古之情及广泛的人伦之情。

在《沁园春·赴密州早行》中，他抒发了自己"致君尧舜"的远大抱负和失意后"袖手何妨闲处看"的旷达态度。

在《江城子·密州出猎》中，他以汉之魏尚自比，希望朝廷能不计小过，给他到西北前线建功立业的机会，强烈表达了自己抗敌御侮的爱国赤诚和豪迈之情。而在《念奴娇·赤壁怀古》中又抒发了自己深远的怀古之情。

在《水调歌头·明月几时有》《木兰花令·次欧公西湖韵》等词中，又广泛地抒发了朋友、兄弟、师生之间的人伦之情。特别是《江城子》所抒发的夫妻之情令人感同身受：

十年生死两茫茫，不思量，自难忘。千里孤坟，无处话凄凉。纵使相逢应不识，尘满面，鬓如霜。

夜来幽梦忽还乡。小轩窗，正梳妆。相顾无言，唯有泪千行。料得年年肠断处，明月夜，短松冈。

二是咏物词。苏轼写的咏物词不但数量多，有30余首，而且水平之高超过同代词人，不但重形似描写，而且尤重神似描写；不但能写出物象，而且能写出寄托。如《卜算子》：

缺月挂疏桐，漏断人初静。谁见幽人独往来？缥缈孤鸿影。
惊起却回头，有恨无人省。拣尽寒枝不肯栖，寂寞汀洲冷。

三是农村词。宋代文人极少有真实地描写农村生活与农民形象的词，苏轼突破了这一局限。他在徐州所作的组词《浣溪沙》5首，是这一题材的代表作。它写到了农民形象、劳动生活、农村风俗、农村风光，以及自己对农村生活的真心向往。

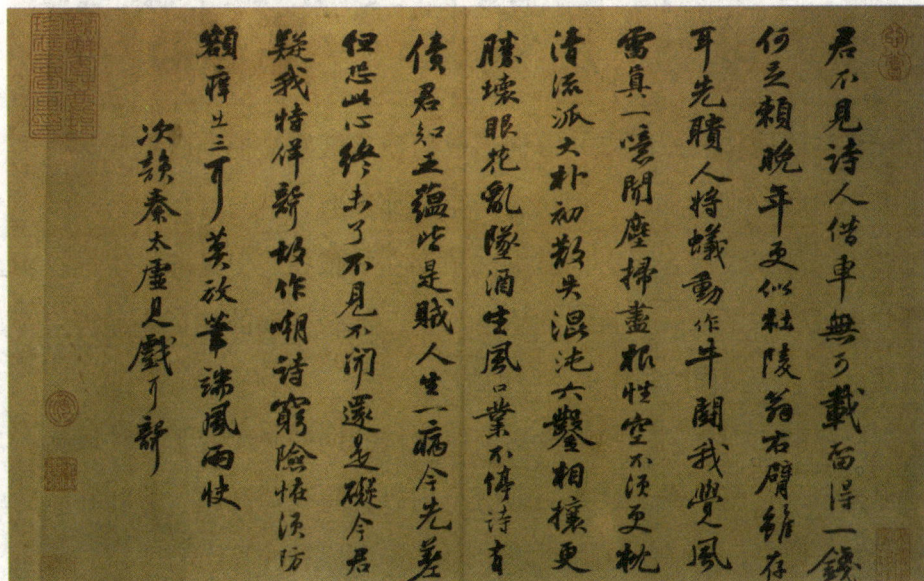

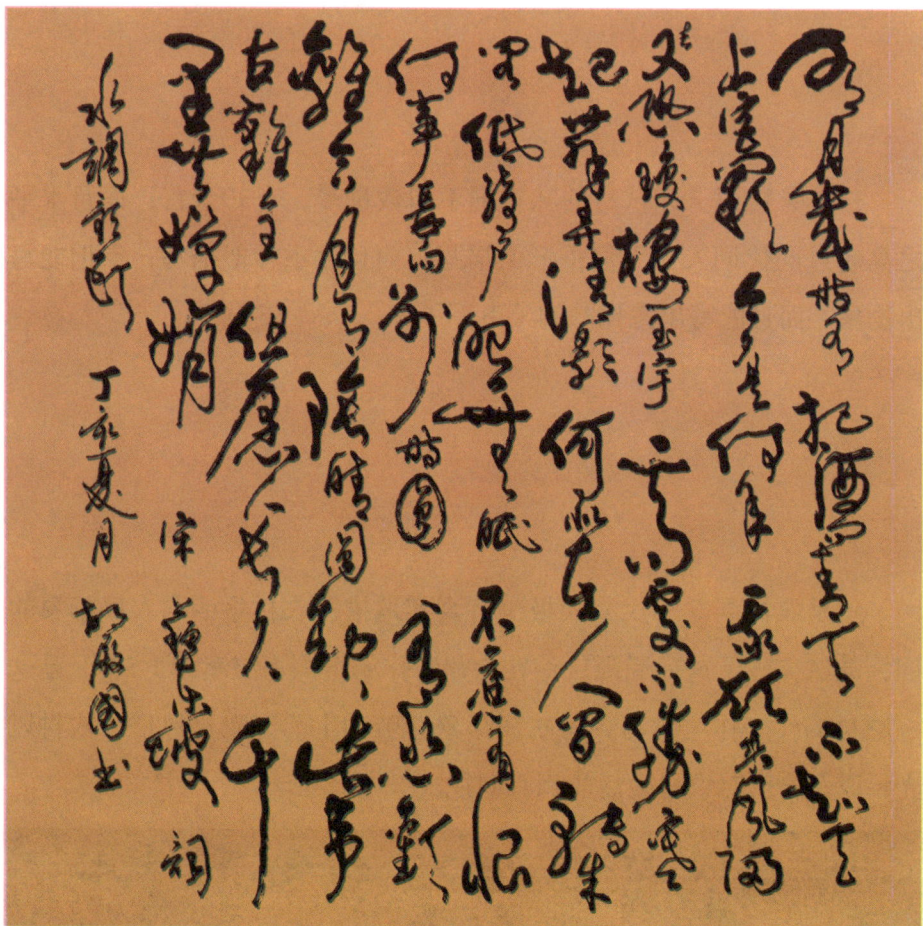

　　苏轼的词作和一般市井俗词形成明显的区别，使词真正成为文人士大夫自我抒情的工具。词从它产生的那天起，就与音乐紧密相关，可以说，如果没有音乐，词就失去了存在的依托。但是苏轼写词，不过分讲究音乐，以表达自己的感情为主，活跃了词的气氛，冲破了音乐的束缚，这在词的写作上是空前的。

　　在苏轼之前，词以婉约为主，但苏轼的词彻底改变了这种风格。他根据自我抒情的需要，大胆地变革词风，将充沛激昂、悲壮苍凉的感情融入词中。于是，与此前完全不同的一批豪放词诞生了。

苏轼善于在写人、咏景、状物时以慷慨豪迈的形象、飞动峥嵘的气势、阔大雄壮的场面取胜，音调也由缓拍慢节变成了强音促节，他的《念奴娇·赤壁怀古》是宋代豪放词中最杰出的代表作之一：

> 大江东去，浪淘尽，千古风流人物。故垒西边，人道是，三国周郎赤壁。乱石崩云，惊涛裂岸，卷起千堆雪。江山如画，一时多少豪杰。
>
> 遥想公瑾当年，小乔初嫁了，雄姿英发。羽扇纶巾，谈笑间，樯橹灰飞烟灭。故国神游，多情应笑我，早生华发。人间如梦，一樽还酹江月。

全词将无限的时空任意驱使笔下，将赞美古之英雄与抒发自己之怀才不遇结合起来，感情豪迈而又沉郁，景色画面豪放雄伟。

苏轼词的豪放还表现为结构上的大开大阖，情绪上的大起大落以及词中凝重的历史和人生意识。《念奴娇·赤壁怀古》从古之豪情到今之悲凉，结构的跨度、情绪的起伏极大。

苏轼把这种悲凉放到阔大的自然环境和悠久的历史中去消融，似乎有那么多的历史人物和那么阔大的自然环境一起为作者担负了这些成败兴亡的悲慨，从而形成了苏词中特有的超旷风格。

苏轼也写有大量的婉约之作，如《水龙吟·次韵章质夫杨花词》《蝶恋花·枝上柳绵吹又少》等，都可说是他婉约词中的佳品。不仅如此，苏轼的词中还有一些作品兼有豪放与婉约之气，如《八声甘州·寄参寥子》《水调歌头·明月几时有》兼有婉约和豪放之美。其中《水调歌头》这首词是中秋之夜咏月兼怀念弟弟苏辙之作，同样也被人们认为是苏轼词中的杰作：

明月几时有？把酒问青天。不知天上宫阙，今夕是何年。我欲乘风归去，又恐琼楼玉宇，高处不胜寒，起舞弄清影，何似在人间。

转朱阁，抵绮户，照无眠。不应有恨，何事偏向别时圆。人有悲欢离合，月有阴晴圆缺，此事古难全。但愿人长久，千里共婵娟。

苏轼的词不主一家，风格多样，大大开拓了词的题材、风格和表现手法，宋词的面貌为之焕然一新，苏轼成为我国词史上众人仰慕的一座高峰。

知识点滴

苏轼对文艺的见解主要在于求新求变，他认为只有"出新意于法度之中，寄妙理于豪放之外"才能成为真正的艺术。但他又反对一味只以标新立异为能事，对宋代诗文革新运动中过分的"好奇务新"的"新弊"不断提出批评。

苏轼以前的文人无不把填词看成"谴浪游戏"的诗余小道，如晏殊称之为"呈艺"，欧阳修称之为"聊陈薄技"。

苏轼却把它看成"长短句诗"，后人常用"以诗为词"之类的话来评价苏词，尽管各有褒贬，但都说明苏轼冲破了词的封闭传统，使其与诗进一步靠拢，并成为广义的诗之一体。

杰出的南渡女词人李清照

在北宋与南宋交替的时期，南渡词人成就斐然，其中以女词人李清照的成就最大。她的词作，不仅在古典时代为人们所喜爱，而且至今仍为人们所青睐。

李清照，这位女词人多才多艺，擅长写诗作词，还精通书法绘画。她的词可以分为前后两个时期。李清照经历了南北分裂之乱，在南渡前后，她的词风变化很大。

李清照早年生活比较平静安适，她从小阅读了大量的文学作品，受到良好的文学熏陶，从而养成了较高的文学素养，和她聪慧高洁、活泼开朗的品格。因此，她的早期词作多描写少女、少妇的闺中生活，如《如梦令》《怨王孙》两首词，于轻快活泼的画面中见作者开朗欢乐的心情和轻松悠闲的生活。如《如梦令》词：

> 常记溪亭日暮，沉醉不知归路。兴尽晚回舟，误入藕花深处。争渡，争渡，惊起一滩鸥鹭。

这里展示的是包括作家本人在内的一群少女形象，表现了她那种热情活泼，无拘无束，顽皮好胜，憨态可掬的少女的天然情态，在作家恬淡悠闲的回忆里，又蕴含了多少留恋向往的感情。

> 昨夜雨疏风骤，浓睡不消残酒。试问卷帘人，却道海棠依旧。知否？知否？应是绿肥红瘦。

这是另一首《如梦令》中的一个情感细腻、爱花惜花的清丽优雅的青年女子形象，抒发了作家热爱春天，不忍心春天离去而又无法挽留的复杂心情。再如《点绛唇·蹴罢秋千》：

> 蹴罢秋千，起来慵整纤纤手。露浓花瘦，薄汗轻衣透。见有人来，袜刬金钗溜。和羞走，倚门回首，却把青梅嗅。

几个细节、数件物事、一串动作，就塑造了一个轻盈活泼。妩媚羞涩。天真烂漫的少女形象，可谓妙笔生花。

李清照18岁时，与时年21岁的金石学家赵明诚在汴京成婚。婚后的李清照与丈夫志同道合，诗酒相洽，感情深笃。李清照也少了几分少女的欢快和娇羞，而多了几分少妇的率直和大胆。

她笔下的女主人公形象则更加具备了感情真挚浓烈，才华超拔不群，志趣高洁开阔，格调清新自然的特征。这些抒情女主人公形象，既深溺于夫妻、姊妹的爱情、亲情，更追求自我精神的广阔发展。

比如《一剪梅·红藕香残玉簟秋》，这是李清照为怀念结婚不久即因故离家远行的丈夫而作的一首抒情小令，它强烈地抒发了对丈夫的深情至爱和天各一方的相思之苦，感情真挚浓烈，格调清新自然，表达率性大胆。

　　红藕香残玉簟秋，轻解罗裳，独上兰舟。云中谁寄锦书来，雁字回时，月满西楼。

　　花自飘零水自流，一种相思，两处闲愁。此情无计可消除，才下眉头，却上心头。

再如《蝶恋花·晚止昌乐馆寄姊妹》一词：

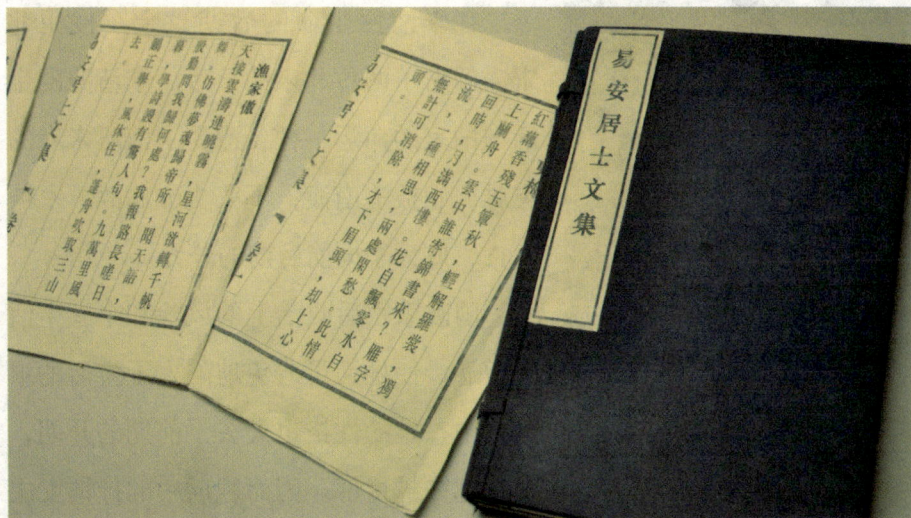

泪湿罗衣脂粉满，四叠阳关，唱到千千遍。人道山长水又断，潇潇微雨闻孤馆。

惜别伤离方寸乱，忘了临行，酒盏深和浅，好把音书凭过雁，东莱不似蓬莱远。

这首词则以女性所特有的纯真、深沉、委婉和细腻，表达了对姊妹及故乡的依依难舍之情。

《渔家傲》则突出地表现了她倾诉理想和抱负，期待有所建树的愿望，体现她感情的峥嵘豪迈、眼界的高阔以及心胸的开朗。

《凤凰台上忆吹箫》《一剪梅》等词也都是她的闺情名篇，通过描绘孤独的生活和抒发相思之情，表达对丈夫的深厚感情，宛转曲折，清俊疏朗。

李清照这时的词虽多是描写寂寞的生活，抒发忧郁的感情，但从中可以看到她对大自然的热爱，也坦率地表露出她对美好爱情生活的追求。

在李清照生命的后期，金军侵犯北宋，俘虏了两位北宋的皇帝。李清照的生活与国家的命运一样，遭受了前所未有的灾难。她被迫南渡，不久丈夫病故，家破人亡，成为李词前后期的分界。

国破家亡后政治上的风险和个人生活的遭遇，使她无可避免地陷入了生活的艰难之中，她的性格也失去了前期的开朗，变得越来越忧郁。因而她词中的抒情女主人公形象，由前期的清纯少女和清丽少妇，变成了一个饱经忧患、愁寂哀婉的中老年寡妇。

忧愁由此也成为她后期词作中唯一的主题，而且表现得非常沉痛乃至凄厉，比如《声声慢·寻寻觅觅》：

寻寻觅觅，冷冷清清，凄凄惨惨戚戚。乍暖还寒时候，最难将息。三杯两盏淡酒，怎敌他、晚来风急！雁过也，正伤心，却是旧时相识。

满地黄花堆积，憔悴损，如今有谁堪摘！守着窗儿，独自怎生得黑！梧桐更兼细雨，到黄昏、点点滴滴。这次第，怎一个愁字了得！

一开头就连用14个叠字，把她当时的无限忧愁直白地诉说出来。词人借助诸多具有伤感意味的意象，倾吐出自己绝望、悲哀、眷恋、无奈等复杂的感情，如泣如诉。

李清照另一首《武陵春·风住尘香花已尽》中"只恐双溪舴艋舟，载不动，许多愁"，不造作，不掩饰，让人读后心灵不知不觉颤动不已。

后期写愁，虽多针对亡夫后的悲伤，与流民为伍的漂泊，以及对美好往昔的痛心追恋，但其中包含了对于国势的忧伤，对于亡国的悲愤，对于故国的思念等更深广的感情。

产生了更深广的社会意义和思想价值，如她一再感叹道："故乡何处是？忘了除非醉。""伤心枕上三更雨，点滴霖霪，点滴霖霪，愁损北人，不惯起来听"等。

无论前期还是后期的词，李清照都把时代性与艺术独创性完美地融合在一起，把自己的思想感情与客观景物融合在一起，创造出情景交融的艺术境界。

李清照的词自成一家，被后人誉为"易安体"。这不但是指她以女性细腻之笔展现女性心理，更重要的是表现在她善以白描之法写含蓄之情。她的词，极少用典，常以明白晓畅之语，道出迷蒙变幻的自我情感，如《醉花阴·薄雾浓云愁永昼》：

> 薄雾浓云愁永昼，瑞脑消金兽。佳节又重阳，玉枕纱厨，半夜凉初透。
>
> 东篱把酒黄昏后，有暗香盈袖。莫道不销魂，帘卷西风，人比黄花瘦。

词作以清新之语，倒叙之法，写闺中寂寞和对爱情的坚贞，却又终不说破。语言的通俗与意境的朦胧所形成的张力，赋予易安词一种独特的魅力和风情，易安体也成为后世作家仿作的对象之一。

李清照善于将个性化的抒情和完美的意境结合起来，不但善于言情，而且尤善于塑造多愁善感、缠绵凄婉的自我形象，于"短幅中藏无数曲折"，含蓄深曲、生动细腻地来抒情；既善于直接写闺阁之愁，又善于借助写景咏物来抒情，因而其词极具个性化的意境。

李清照善于调动各种修辞手法，且运用得非常自然，达到了"极炼而不炼，出色而本色"的最佳效果。

李清照还善于运用朴素的、甚至是口语化的，但又不失精美的语言，如《武陵春·风住尘香花已尽》全词口语连篇，无一持重语，但表达的感情却悠长不尽，毫无浅率之感。

李清照对词有她自己比较完整的看法，她专门写过一篇词学论文《词论》，对唐代特别是北宋以来的主要词人分别提出了批评。她特别强调词在艺术上的独特性，即词"别是一家"，把词和诗严格地区别开来，认为词当和诗不同，应以高雅、含蓄、典重、合律为主。

李清照的这种词学观点显然有偏颇的地方，她受词的传统观念束缚太深，忽视了词可以向许多不同方向发展的必然性。

虽然如此，但李清照还是以她杰出的词的成就被推为"当行本色"的婉约正宗和最高代表。

出嫁前，李清照的父亲是礼部员外郎，丈夫赵明诚的父亲是吏部侍郎，均为朝廷高级官吏。李清照夫妇虽系"贵家子弟"，但因"赵、李族寒，素贫俭"，所以，在太学读书的赵明诚，当初一、十五告假回家与妻子团聚时，常先到当铺典质几件衣物，换一点钱，然后步入热闹的相国寺市场，买回他们所喜爱的碑文和果实，夫妇"相对展玩咀嚼"。

两年后，赵明诚进入仕途，虽有了独立的经济来源，但夫妇二人仍然过着非常俭朴的生活，且立下了"穷遐方绝域，尽天下古文奇字"之志。

赵家藏书虽然相当丰富，可是对于李清照、赵明诚来说，却远远不够。于是他们便通过亲友故旧，想方设法把朝廷馆阁收藏的罕见珍本秘籍借来"尽力传写，浸觉有味，不能自已"。新婚后的生活，虽然清贫，但安静和谐，高雅有趣，充满着幸福与欢乐。

知识点滴

其他南渡词人的创作成就

南渡词人中，除了李清照外，其他一些词人也取得了一定的成就，他们前期生活相对安定，创作风格相对较闲适，后来社会动荡不安，他们的创作也转而为对现实的忧患伤感，或为忆旧的凄苦呻吟，或为抗战不力疾呼，代表词人有朱敦儒、张元干、张孝祥、岳飞等。

朱敦儒，北宋南渡后始为官，历任兵部郎中、临安府通判、秘书郎、都官员外郎等职。他的词语言流畅，清新自然，词风可分为三个阶段：早年词风浓艳丽巧；中年的词风慷慨激昂；闲居后的词风婉明清畅。由于家庭富裕，所以早年定居洛阳时，朱敦儒经常寻访洛阳一带的山川名胜。他在后来所写的词中，曾对这段浪漫快乐的生活作过深情的回忆。

在《临江仙》中写道：

生长西都逢化日，行歌不记流年。花间相过酒家眠。乘风游二室，弄雪过三川。

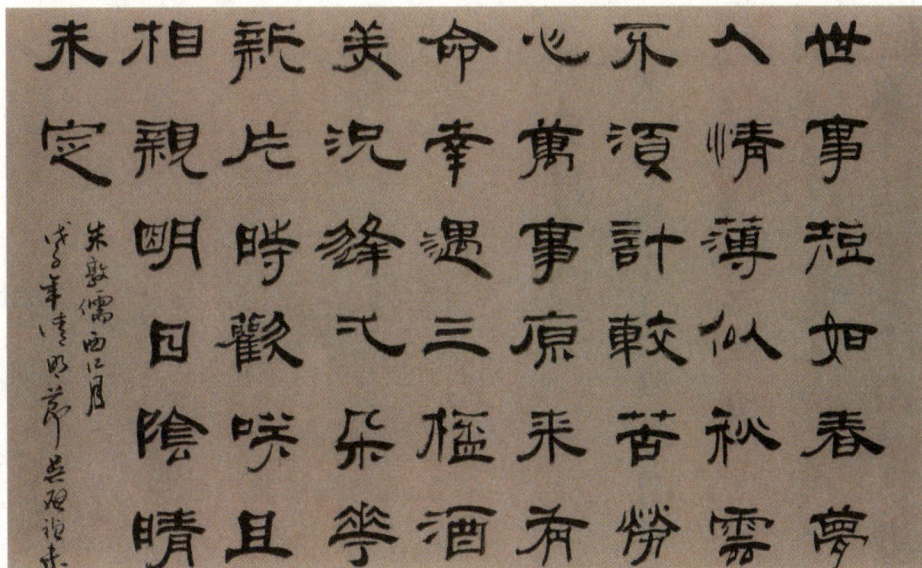

词中提及的伊川、洛浦二室、三川都是洛阳一带的山水胜地。他的轻狂和傲骨，通过这几句激情洋溢的词，表现得淋漓尽致。

朱敦儒的词具有鲜明的自我抒情的特色，词风十分狂放洒脱，上承东坡，下启稼轩，正如《鹧鸪天·西都作》：

我是清都山水郎，天教分付与疏狂。曾批给雨支风券，累上留云借月章。

诗万首，酒千觞，几曾著眼看侯王。玉楼金阙慵归去，且插梅花醉洛阳。

南渡之初，朱敦儒站在主战派一边，所写的词比较具有现实意义，多为忧时愤乱之作。靖康之难后，民族的悲剧和社会的苦难使其词变为忧愤凄壮。

如《采桑子·彭浪矶》：

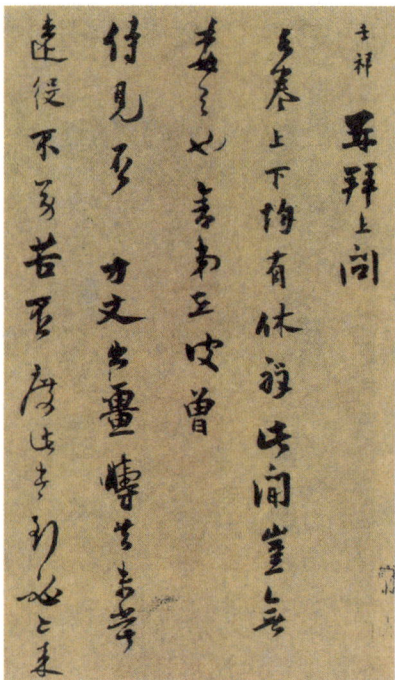

扁舟去作江南客，旅雁孤云。万里烟尘，回首中原泪满巾。

碧山对晚汀洲冷，枫叶芦根。日落波平，愁损辞乡去国人。

词作将国破家亡的悲哀与飘零江南的孤独心态结合起来，这在南渡词人中带有一定的普遍性。

张元干，南渡后不屑为官，辞官，作有《芦川词》。张元干早年词风婉媚，南渡后，多写时事，感怀国事，词风豪放。

张孝祥，在时间上晚于朱敦儒和张元干，仕途较顺利，中过状元，官至中书舍人，作有《于湖词》。

朱敦儒的词之所以多沉咽伤感情绪，主要是因为多写个人感慨。而张元干和张孝祥则多从感慨国家社稷的角度出发，境界更为开阔。

张元干的代表作当属1142年写给爱国名臣胡铨的《贺新郎》：

梦绕神州路。怅秋风，连营画角，故宫《离黍》。底事昆仑倾砥柱，九地黄流乱注？聚万落千村狐兔。天意从来高难问，况人情老易悲难诉，更南浦，送君去。

凉生岸柳催残暑。耿斜河，疏星淡月，断云微度。万里江山知何处？回首对床夜语。雁不到，书成谁与？目尽青天怀今古，肯儿曹恩怨相尔汝！举大白，听《金缕》。

张孝祥写的诗、文、词都围绕抗金爱国主旨。张孝祥的词有 220 余首，其中尤以表现爱国思想、反映社会现实的作品成就最为突出。因为凭借激情进行创作，所以情感连贯，热情澎湃，语言流畅自然，又能融汇前人诗句而不见雕琢痕迹。

清代查礼的《铜鼓书堂遗稿》概括了张孝祥词的基本特点："于湖词声律宏迈，音节振拔，气雄而调雅，意缓而语峭。"

张孝祥词上承苏轼，下开辛弃疾爱国词派的先河，在词史上占有比较重要的地位。其词充满爱国热情，代表作当属《六州歌头·长淮望断》，词的上阕"追想当年事"，感慨靖康之变，下阕道：

> 念腰间箭，匣中剑，空埃蠹，竟何成！时易失，心徒壮，岁将零，渺神京。干羽方怀远，静烽燧，且休兵。冠盖使，纷驰骛，若为情！闻道中原遗老，常南望，翠葆霓旌。使行人到此，忠愤气填膺，有泪如倾！

词中充满强烈的爱国激情，对苟且偷安之辈倍加谴责。据说，抗战派著名将领张浚在宴席上读到此词后，感动得罢席而走。

岳飞，文武双全，在他所有的词中，以《满江红·怒发冲冠》最为有名，气势响遏云天：

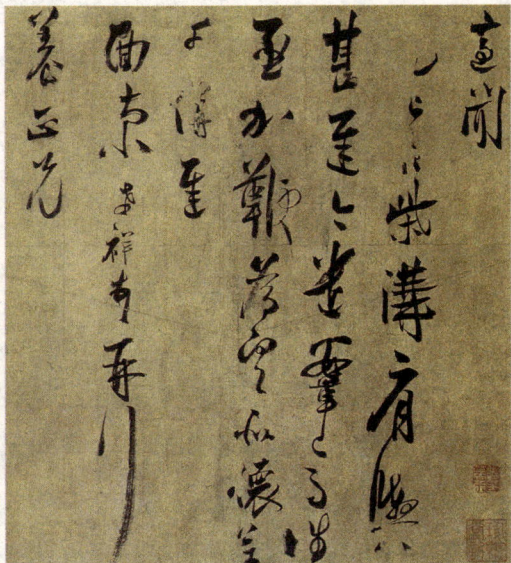

怒发冲冠，凭栏处，潇潇雨歇。抬望眼，仰天长啸，壮怀激烈。三十功名尘与土，八千里路云和月。莫等闲，白了少年头，空悲切。

靖康耻，犹未雪。臣子恨，何时灭？驾长车、踏破贺兰山缺。壮志饥餐胡虏肉，笑谈渴饮匈奴血。待从头，收拾旧山河，朝天阙。

词作表现了作者大无畏的英雄气概，洋溢着爱国主义激情。"三十功名尘与土，八千里路云和月"及"莫等闲，白了少年头，空悲切"是词中经典的句子。

知识点滴

张孝祥工于书法，尤其擅长篆书、大字，南宋目录学家、词评家陈振孙在《直斋书录解题》卷一八称"其文翰皆超逸，天才也"。

张孝祥虽只活了短短的38年，但著述颇丰，所著《于湖居士文集》40卷，在宋代有数种刊本，今存嘉定间刻本、《四部丛刊》影宋本。

其词在宋代已有《于湖词》1卷行世，今存毛晋汲古阁刊本；今又存清影抄宋本《于湖先生长短句》5卷、拾遗1卷。《全宋词》第三册收其词220余首，《全宋词补辑》录其词1首。《全宋诗》录其诗11卷。《全宋文》收其文7卷。

辛弃疾立豪放派词史高峰

　　南宋中期也是词的繁荣昌盛时期，这时期的词和诗一样，受时代的影响，爱国词成为创作的主要内容，代表词人当推辛弃疾。

　　辛弃疾的词作数量有620多首，在宋代词人中算是特别多的。辛弃疾一开始写词时，他的词就同国家民族的命运相结合，充满了爱国主义的激情，特别能激励人心。

　　辛弃疾把政治、军事、山水、田园，以及个人的喜怒哀乐都融入词中，使词的题材无所不及，抒情功能又达到了新的高度，把词的改革向前推进了一大步。

　　作为一个乱世之中的伟大爱国志士，辛弃疾的词多抒写自己强烈的抗敌救国的决心、

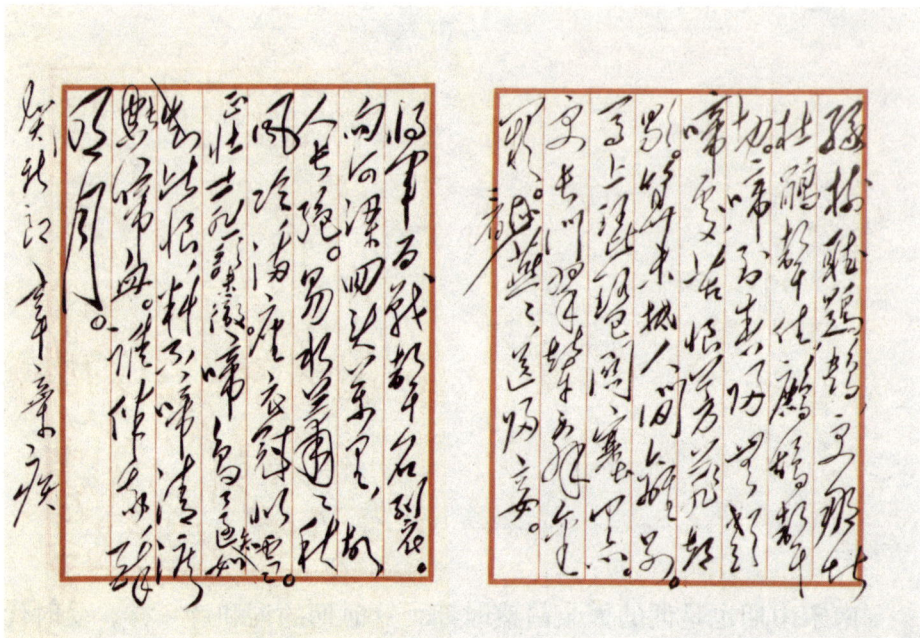

壮志难酬的苦闷忧患和对投降派的深刻批判，如《水龙吟·登建康赏心亭》：

> 楚天千里清秋，水随天去秋无际。遥岑远目，献愁供恨，玉簪螺髻。落日楼头，断鸿声里，江南游子。把吴钩看了，栏杆拍遍，无人会、登临意。
> 休说鲈鱼堪脍，尽西风、季鹰归未？求田问舍，怕应羞见，刘郎才气。可惜流年，忧愁风雨，树犹如此！倩何人、唤取红巾翠袖，揾英雄泪！

辛弃疾是一位力图恢复中原的英雄，但他的志向竟然无人领会，不能不让他伤心落泪。

他的《永遇乐·京口北固亭怀古》在登临怀古中渗透了作者对伐金

的清醒认识和老当益壮，尚思沙场报国的热望，情感炽烈，气势豪迈。

这首《永遇乐·京口北固亭怀古》写于晚年，20年的闲居生活浪费了辛弃疾的大好时光，年轻时立下的壮志眼看不能实现，他的内心自然充满悲愤。这些词是辛弃疾发扬苏轼豪放词风后独创的风格，两人同为豪放词的代表，后人因此将他们以"苏辛"并称。

辛弃疾的词和苏轼的词都是以境界阔大、感情豪爽开朗著称的，但不同的是：苏轼常以旷达的胸襟与超越的时空观来体验人生，常表现出哲理式的感悟，而辛弃疾总是以炽热的感情与崇高的理想来抒写人生，更多地表现出英雄的豪情与英雄的悲愤。

除了这些抒发英雄豪情壮志的爱国词之外，辛弃疾还能写一些细致小巧的别调词，如农村生活的词，写得清新可爱，像他的主调——爱国词一样出色。他的《西江月·明月别枝惊鹊》中"稻花香里说丰年，听取蛙声一片"，洋溢着浓郁的泥土气息。

《清平乐·村居》具体展现了平凡农家生活的一个场面，浓郁的生活气息扑面而来：

茅檐低小，溪上青青草。醉里吴音相媚好，白发谁家翁媪？

大儿锄豆溪东，中儿正织鸡笼。最喜小儿无赖，溪头卧剥莲蓬。

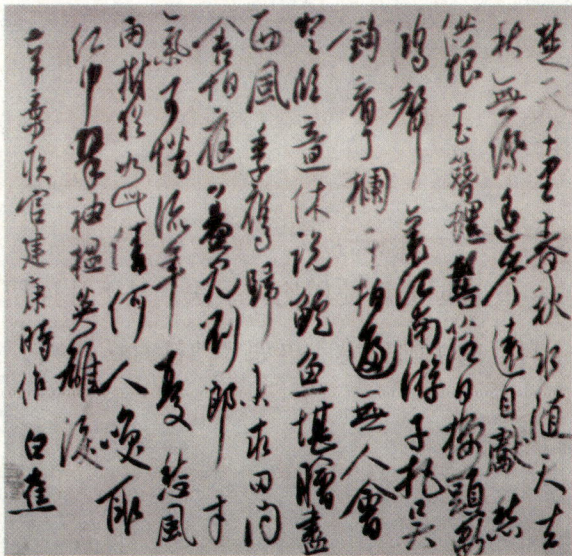

辛弃疾的词不但题材比前代词人有所扩大，而且在艺术上也有了较大发展。辛弃疾的词在意象的选择上更加自由灵活，在他笔下，不但经常出现刀枪剑戟、铁马旌旗等军事词汇，也经常出现鸡笼黄犊、稻花野草等日常生活事物。

五光十色的意象使辛弃疾的词形成了以悲壮沉郁为主、妩媚清丽为辅的多样风格，如《沁园春·叠嶂西驰》，将战争意象与豪放词风糅合一处，意境雄奇阔大。《青玉案·元夕》幽独缠绵，是其婉约风格的名作。

辛弃疾以诗为词，以文为词，常将古文诗赋的比兴、典故、章法、议论、对话等手法运用于词中，如《摸鱼儿·更能消几番风雨》：

更能消几番风雨，匆匆春又归去。惜春长怕花开早，何况落红无数。春且住，见说道，天涯芳草无归路。怨春不语，算只有殷勤，画檐蛛网，尽日惹飞絮。

长门事，准拟佳期又误，蛾眉曾有人妒。千金纵买相如赋，脉脉此情谁诉？君莫舞，君不见，玉环飞燕皆尘土！闲愁最苦，休去倚危栏，斜阳正在，烟柳断肠处。

这首词通篇使用比兴手法，且下片连用3个典故，凝练深切地表达了自己的忧国孤愤。再如《西江月·遣兴》：

醉里且贪欢笑，要愁哪得工夫。近来始觉古人书，信著全无是处。

昨夜松边醉倒，问松"我醉何如？"只疑松动要来扶，以手推松曰"去。"

上片议论，下片叙事，用散文句法，且用对话，惟妙惟肖地刻画出作者的醉态可掬。

由于是以诗文为词，所以辛弃疾不但从诗赋中吸取前人诗句、词句，如《南乡子·登京口北固亭怀古》"不尽长江滚滚流"用杜诗。"生子当如孙仲谋"用《三国志》注，还熔铸经、子、史、小说的语言入词，突破了词与其他文体的语言界限，增强了词的表现力，如《哨遍·秋水观》隐括《庄子·秋水》，贴切自然。

此外，辛弃疾还善于提炼民间口语入词，如《西江月·夜行黄沙道中》中"七八个星天外，两三点雨山前"词句，给人以清新活泼之感，形成既雄深雅健又清新流转的语言风格。

辛弃疾善于运用浪漫主义的想象及象征手法来加强豪放色彩。如《水调歌头》："我志在寥阔，畴昔梦登天。摩挲素月，人世俯仰已千年。"其浪漫恣肆的风格和诗仙李白有一比。

又如《太常引》道："乘风好去，长空万里，直下看山河。斫去桂婆娑，人道是，清光更

多。""乘风"3句所表现的思想感情，与爱国诗人屈原"陟陞皇之赫戏兮，忽临睨夫旧乡"有同等之妙。

辛弃疾的词的豪放风格往往是通过各种形式加以表现的，明胡应麟《诗薮》说辛弃疾的词"正而能变，变而能化，化而不失本调，不失本调而兼得众调"。

辛弃疾继承并发展了苏轼开创的豪放词风，以文为词，并注入爱国主义激情，词风格多样，呈现了一个大词人的风貌，把词作推向了一个更高的境界。

知识点滴

主张抗战并为之身体力行是辛弃疾一生中不变的基调，他21岁就进入军队。1162年被高宗召见，授承务郎。他不顾官职低微，进《九议》《美芹十论》等奏疏，具体分析南北政治军事形势，提出加强实力、适时进兵、恢复中原、统一中国的大计，但均未被采纳。

在这以后，辛弃疾历任司农寺主簿、湖北转运副使、知潭州兼湖南安抚使等职。任职期间，他都采取积极措施召集流亡，训练军队，奖励耕战，打击豪强以利国便民，后被诬落职，先后在信州上饶、铅山两地闲居近20年。

晚年辛弃疾被起用知绍兴府兼浙江安抚使、知镇江府。但为权相韩侂胄所忌，落职，一生抱负未得伸展，1207年，终因忧愤而卒。据说辛弃疾临终时还大呼"杀贼！杀贼！"。

辛派词人承继辛弃疾词风

辛弃疾的词在当时就产生深远影响，同时期的陆游、陈亮、刘过，和稍后的刘克庄、刘辰翁，都有很多内容与风格和辛弃疾词相似的作品，可视为辛派词人。辛派词人以词表达政见，直抒胸臆，风格粗犷豪放。

陆游，官至宝章阁待制，晚年退居家乡。他一生坚持抗金主张，虽多次遭受投降派的打击，但爱国之志始终不渝，死时还念念不忘国家的统一，是南宋伟大的爱国诗人。

陆游是写诗的高手，共写了9000多首诗，内容极为丰富。除了诗，陆游还长于作词，他的词沉郁雄放，委婉隽

永，如《钗头凤·红酥手》《诉衷情·当年万里觅封侯》等，多年来一直为人们所喜闻乐诵。

陆游写了140多首词，题材不一，或痴心不忘恢复，高歌爱国情怀；或才高不遇，发不平之鸣；或咏物述志，慨叹身世飘零；或书爱情波折，中多悲咽之声；或流连光景，多悠闲自在之情。

在陆游众多题材词中，爱国词成就最高，可见其豪放风格，《诉衷情·当年万里觅封侯》可窥其面貌：

当年万里觅封侯，匹马戍梁州。关山梦断何处？尘暗旧貂裘。

胡未灭，鬓先秋，泪空流！此生谁料，心在天山，身老沧州！

词人一生丹心报国，惜

请缨无路，岁月蹉跎而恢复大业渺茫无期，该是何样的遗憾和悲怆。

再如《汉宫春·羽箭雕弓》：

> 羽箭雕弓，忆呼鹰古垒，截虎平川。吹笳暮归野帐，
> 雪压青毡。淋漓醉墨，看龙蛇、飞落蛮笺。人误许，诗情将
> 略，一时才气超然。
>
> 何事又作南来？看重阳药市，元夕灯山。花时万人乐
> 处，欹帽垂鞭。闻歌感旧，尚时时、流涕尊前。君记取，封
> 侯事在，功名不信由天。

词作将南郑紧张的从戎生活与成都繁丽的悠闲生活作强烈对比，突出了诗人愤懑的心情。

陈亮喜欢谈兵论政，力主抗战，他曾三次进监狱但志气不改。他的词长于议论，直抒报国之情。

刘过著有《龙洲词》，终身以布衣游历天下。他是个感情狂放的人，曾多次上书，力主抗战，抵御外辱，但没有被采纳。他的词多豪言壮语，有辛弃疾词风。

陈亮与刘过的词与辛弃疾的词的相同之处主要在于多写爱国词、豪放词，惯作壮语，多用长调，讲格律而不拘于格律，喜用散文句式并大量吸收经史诗文语言入词。如陈亮的《水调歌头·送章德茂大卿使虏》下阕：

> 尧之都，舜之壤，禹之封。于中应有，一个半个耻臣戎。万里腥
> 膻如许，千古英灵安在，磅礴几时通？胡运何须问，赫日自当中。

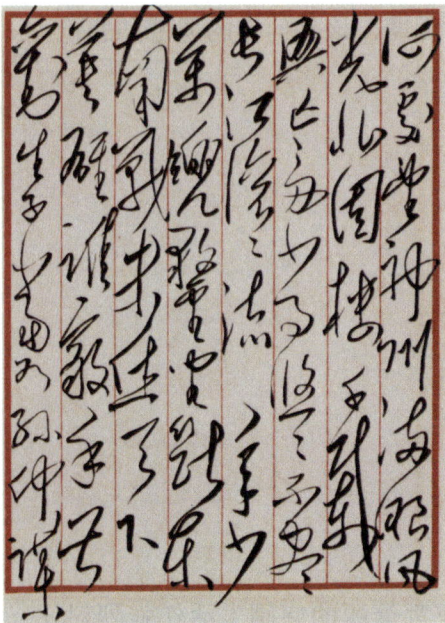

词作表达了强烈的民族自豪感，充满着昂扬豪放的感召力量。

刘过的《沁园春·玉带猩袍》仿效辛词《水调歌头·我志在寥阔》，但全用散文笔法为之，虽然风趣有余，但有些矫揉造作。

刘克庄，为官忠贞，屡遭贬谪。他是南宋后期成就最高的辛派词人。他的词深受辛弃疾词风的影响，多以国事为念，充满现实的忧患意识和强烈的危机感，如《贺新郎·送陈真州子华》：

> 北望神州路，试平章、这场公事，怎生分付？记得太行山百万，曾入宗爷驾驭。今把作握蛇骑虎。君去京东豪杰喜，想投戈下拜真吾父。谈笑里，定齐鲁。
>
> 两河萧瑟惟狐兔，问当年、祖生去后，有人来否？多少新亭挥泪客，谁梦中原块土？算事业须由人做。应笑书生心胆怯，向车中、闭置如新妇。空目送，塞鸿去。

上片劝勉朋友联络忠义民兵，共商抗敌大业，显示出作者对时事的敏锐目光；下片感慨投降派苟且偷生，而自己壮志难伸。风格慷慨豪肆，深沉悲凉。此外，刘克农还作有《沁园春·梦孚若》《玉楼春·戏林推》等词，抒发悲痛或感慨之情。刘克庄也不乏清切婉丽之作，如咏海棠的《卜算子》、咏舞女的《清平乐》等词。

刘辰翁，生活在南宋末年。刘辰翁曾拜哲学家陆九渊为师。他的词风也深受辛弃疾词风的影响，感情沉痛，内容多悼念故国之作，如《沁园春·送春》：

> 江南正是堪怜！但满眼杨花化白毡。看兔葵燕麦，华清宫里；蜂黄蝶粉，凝碧池边。我已无家，君归何里？

除了陆游、陈亮、刘克庄、刘辰翁外，南宋后期还有文天祥、汪元量、葛长庚、吴潜、陈人杰诸家，他们在抵御外辱方面的主张一致，同作壮词感愤时事，其思想内容和艺术风格彼此相近，体现出了辛派词的本色。

陆游和辛弃疾有着一段超越年龄的友谊。陆游生于1125年，而辛弃疾生于1140年，比陆游整整小了15岁。他们都是力主抗敌的人，彼此相知，互相敬佩着对方。

他们虽然相差了15岁，但这丝毫不影响他们心灵的沟通。相识之后，他们发现彼此有着太多的共同语言与志趣爱好，两人遂结下了深厚的友谊。

在辛弃疾北伐临行前，陆游赶写了一首长诗为他送行，毫不吝惜笔墨全方位地赞扬了辛弃疾。第一，盛赞他才高过人，好学不倦。第二，叙述他厚积薄发的坎坷经历。第三，将他比作管仲、萧何一样的人才，相信他一定可以成就伟大功业。第四，希望他施展抗敌复土的抱负。第五，劝他凡事要考虑周全，鼓励他把全部精力投入对敌斗争中去。

姜夔开"清空"词派新风

南宋末年，除了辛弃疾等豪放词人以外，还有不少风格婉约的词人，如姜夔、史达祖、吴文英、王沂孙、张炎等，他们深受北宋词人周邦彦的影响，对词的传统十分注重，对词的艺术发展作出了重要的贡献。

在这些词人中，姜夔是领袖级的人物，在他的旗帜下，聚集了许多南宋后期的重要词人，形成了一个可以左右南宋后期词坛的重要词派。他们作词的特点是语言工整优美、音律协调、意境悠远。

姜夔对诗词、散文、书法、音乐无不精善，是继苏轼之后又一难得的艺术全才。他

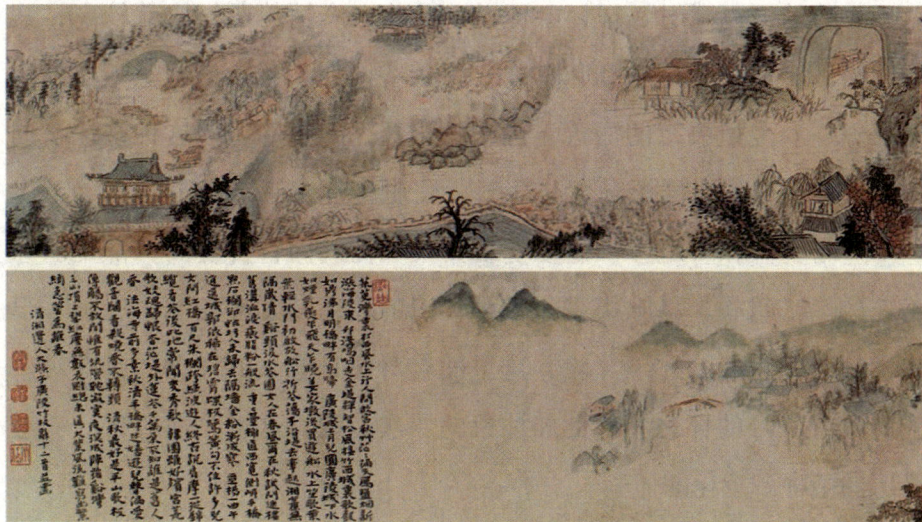

屡次参加科举考试，都没有考取进士。

姜夔虽然没有担任过任何官职，但他却和朝廷的官员有很多交往，加上他具有多方面的艺术才能，因此受到当权者的赏识，过着比较闲适的生活。

姜夔是南宋中期向后期过渡的词人。他的词中有不少慨叹国事的作品，充溢着伤感和凄凉的情绪。他早年的名作《扬州慢·淮左名都》就是一个典型的例子，缺乏激昂亢奋的精神力量和博大的胸怀，有的只是无奈的感慨和哀愁的叹息。

> 淮左名都，竹西佳处，解鞍少驻初程。过春风十里，尽荠麦青青。自胡马窥江去后，废池乔木，犹厌言兵。渐黄昏，清角吹寒，都在空城。
>
> 杜郎俊赏，算而今、重到须惊。纵豆蔻词工，青楼梦好，难赋深情。二十四桥仍在，波心荡，冷月无声。念桥边红药，年年知为谁生！

姜夔的词以感时、抒怀、记游、咏物、恋情等题材成就较高，其中写得最多的还是记游和咏物之作。这些词作表达了作者飘零江湖的感叹，以及爱情失意的痛苦。词中的寄托是明显的，但这种寄托在词中往往表现得相当朦胧，给人若有若无的感觉。

《暗香》和《疏影》是姜夔最具代表性的两首自度曲，都是歌咏梅花的。《暗香》借咏梅表达一种怀旧的情绪。姜夔在词中展示了很多由梅花联想起的往事片段，这里面有对往日恋人的怀念，也有对逝去的美好岁月的怀想。从更加抽象的层次上说，这也是他对自己一生经历的某种诗意化的体验。

姜夔词在格律、用典、炼字上受到了北宋词人周邦彦词风的影响，但他不满意周邦彦词的意象软媚绮靡，而善以清空骚雅之笔来补救，成一家风格。

所谓"清"，是指语言和意象的清丽、清雅甚至清冷。姜夔作词爱用冷月、冷红、冷香、黄昏、冥冥等阴冷意象。如"波心荡，冷月无声""冷红叶叶下塘秋""嫣然摇动，冷香飞上诗句""数峰清苦，商略黄昏雨"；"淮南皓月冷千山，冥冥归去无人管"等。

所谓"空"，是指词境的空灵。姜夔的抒情咏物词《暗香》《疏影》就成功营造出一种空灵的境界气氛，可以诱发人多重的联想。

所谓"骚雅",是指继承《诗经》《楚辞》的传统,用比兴寄托的手法表达爱国洁己之情。如"绿杨巷陌,西风起,边城一片萧索""今何许?凭栏怀古,残柳参差舞""高柳晚蝉,说西风消息"等,在清冷的比兴中含而不露地抒发出了对家国时事和人生的感喟。

姜夔的词下字用意,皆力求反俗为雅,契合了南宋中后期士大夫日益雅化的审美情趣,被奉为"雅词正宗"。

姜夔善于提空描写。不论何种题材,姜夔的词都不作过多的质实描写,而是从空际中摄取其神理,点染其情韵,并将自己的感受融合进去。如写梅花的《疏影》,基本上不对梅花作质实的描写,只是设想它是王昭君的幽魂所。

姜夔善于将各种题材,各种情感,聚拢于统一的风格之中,如善于用清笔写浓愁,用健笔写柔情,用空笔写实情。如写恋情的《长亭怨慢》下阕:

日暮,望高城不见,只见乱山无数。韦郎去也,怎忘得玉环分付:第一是早早归来,怕红萼无人为主。算空有并

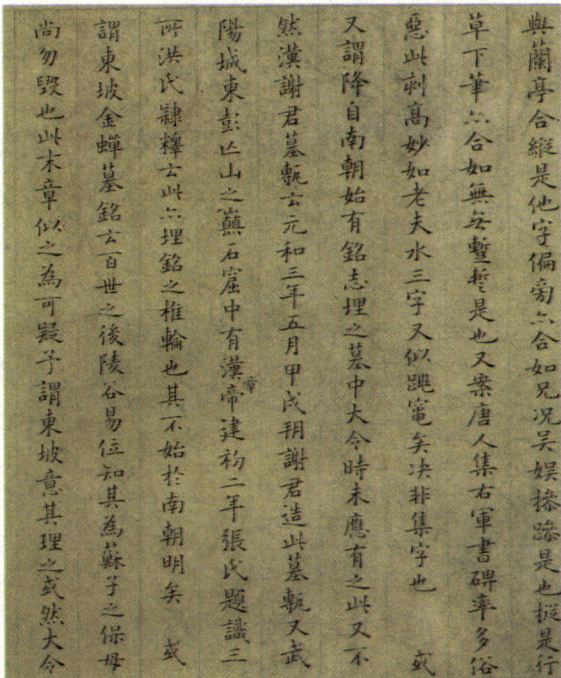

刀，难剪离愁千缕！

词作虽是传统的离愁别怨题材，但写得颇为健朗。

姜夔的词常设精彩小序，独具审美价值。他还长于自度曲，有17首带自度曲谱的歌词。

姜夔于婉约、豪放之外别立"清空"一宗，以清劲清刚之笔法挽救传统婉约词的柔靡软媚，又以骚雅蕴藉之风神补救辛派末流的粗犷浮躁，卓然为南宋词坛一大家。

知识点滴

姜夔是我国古代杰出的词曲作家,他的词调音乐无论在艺术上还是思想上都达到了较高水平，并具有独创性。姜夔的词调音乐创作继承了古代民间音乐的传统，对词调音乐的格律、曲式结构及音阶的使用有新的突破，并且形成了独特风格。

姜夔留给后人一部有"旁谱"的《白石道人歌曲》6卷，包括他自己的自度曲、古曲及词乐曲调，其代表曲有《扬州慢》《杏花天影》《疏影》《暗香》等，成为南宋唯一词调曲谱传世的杰出音乐家。

《白石道人歌曲》被视作"音乐史上的稀世珍宝"，其中有10首祀神曲《越九歌》、1首琴歌《古怨》、17首词体歌曲、1首《玉梅令》、14首姜夔自己写的"自度曲"。

他突破了词牌前后两段完全一致的套路，使乐曲的发展更为自由，在每首"自度曲"前，他都写有小序说明该曲的创作背景和动机，有的还介绍了演奏手法。

吴文英独辟蹊径的创作

　　吴文英是姜夔之后的又一大词人。他和姜夔一样，一生没有做过官，以布衣身份长期充当权贵的幕僚，但并不以此谋生，是一个清高耿介之士。他有《梦窗词集》一部，存词340余首。

　　在词的理论方面，吴文英有论词四法则之说："词之作难于诗；盖音律欲其协，不协则成长短之诗；下字欲其雅，不雅则近乎缠令之体；用字不可太露，露则直突而无深长之味；发意不可太高，高则狂怪而失柔婉之意。因此则知所以为难。"从中可知吴文英的词以骚雅为宗旨。

　　与姜夔一样，吴文英也精通乐律，注重字的声调安排与音乐曲调之间的关系。吴文英的

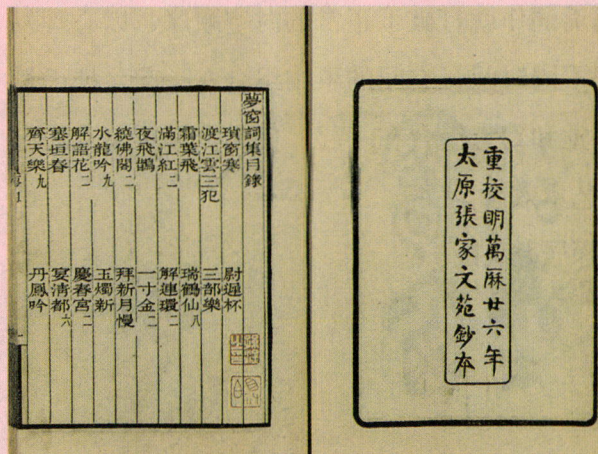

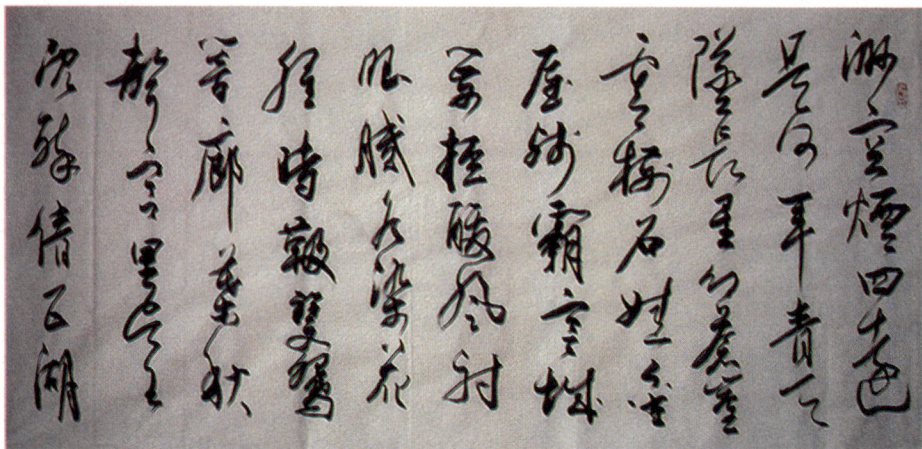

词比较晦涩，很难读懂，而且其词视野较狭，但在艺术技巧上却翻新创造，以跳跃式的思维和结构、怪异生新的语言成为词坛上与姜夔并列的大词家。

吴文英的词打破正常的理性思维和结构方式，以心理时空的变幻为主，词中看不出明显的呼应线索。这种形式有利于作者将不同时空的情景物事同摄一幅画面里，扩展了词的容量，也造成词境的模糊性、多义性，使心灵的微妙感受得到了最大限度的释放。

《八声甘州·渺空烟四远》《风入松·听风听雨过清明》是吴文英的两篇代表词作，这两篇词作就打破了正常的时空顺序，以心理发展和情感逻辑为线索，把不同时间、空间的事物组合在一起，把虚境和实境组合在一起，把感觉和幻想组合在一起，使人分辨不出真幻虚实，造成一种朦胧迷幻的艺术效果。

再如《齐天乐·与冯深居登禹陵》：

三千年事残鸦外，无言倦凭秋树。逝水移川，高陵变谷，那识当年神禹。幽云怪雨，翠萍湿空梁，夜深飞去。雁起青天，数行书似旧藏处。

　　寂寥西窗久坐，故人悭会遇。同剪灯语。积藓残碑，零圭断壁，重拂人间尘土。霜红罢舞。漫山色青青，雾朝烟暮。岸锁春船，画旗喧赛鼓。

上片写"秋树"等野色，下片转至"西窗"，最后又由"秋树"忽变为"春船"，看似杂乱，实际上上片写的是白天所览，下片写的是回忆和由所见所忆引起的联想，将实景与幻景、怀古与伤今统摄起来。

吴文英的词语言和意象的生新怪异主要表现在用字、用典和字词组合上。吴文英爱用具有强烈感觉性、情绪性、刺激性字眼，如《过秦楼·芙蓉》中以"粉烟蓝雾""腻涨红波"写烟雾和池水；《喜迁莺·同丁基仲过希道家看牡丹》中以"妖红斜紫"写牡丹等，色彩斑斓，给人以较强的视觉冲击。

吴文英词中又多出现腻、冻、酸、腥、咽等字，如《八声甘州》中的"箭径酸风射眼，腻水染花腥"；《浣溪沙》中的"吹箫楼外冻云重"；《惜黄花慢》中的"仙人凤咽琼箫"，增强了触、味、嗅、听等感觉强度，使人在心理上感受到新鲜

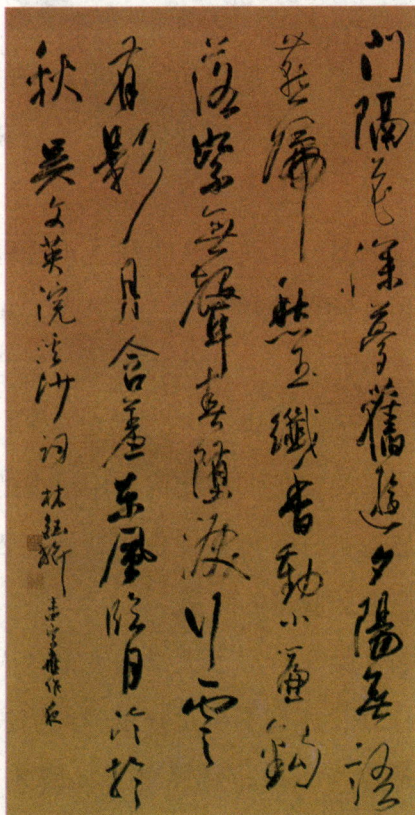

刺激。

吴文英还爱用僻典，如《齐天乐》中"幽云怪雨，翠萍湿空梁"，用的是会稽当地的神话传说，相传禹王庙的屋梁经常变为龙，跳到会稽镜湖里与另一条龙相斗，斗完后仍飞回庙里化为梁，因此上面沾了很多水草，如果不知道这段典故，读这首词如坠雾里。

吴文英词中的字句组合也很怪异，这一方面表现为他以敏锐的直觉造词用字，使词句呈现出非常的逻辑顺序。如《夜游宫》"窗外捎谀雨响，伴窗里嚼花灯冷"，灯花在灯盏中闪动，灯盏是圆的，像嘴唇一样，因此用"嚼"字。

另一方面表现为凭主观心理感受随意组合字句，使本不相属的词语作硬性连接，如《霜叶飞·重九》中的"彩扇咽寒蝉，倦梦不知蛮素"，将今日寒蝉声中倦梦与昔日持彩扇的佳人割裂组合，这种组合属于无理硬接。

吴文英词在结构和用语上的这些特点虽然极大地拓展了主观心灵感受的深广度，但由于缺乏必要的理性逻辑交代，也使人不易理解，颇有朦胧诗的味道。

吴文英写了大量的哀艳动人的词篇。《梦窗词》中除部分酬酢之作外，还有不少是抒发"绵绵长恨"的恋情词，其中著名的长篇《莺啼序》，极言相思之苦，所表达的低回缠绵、生死不忘之情催人泪下，其艺术感染力远非那些描写幽会欢情的艳词可比。在措辞、用典、结构上无不刻意求工，因而在古今长调中享有极高声誉。

《梦窗词》中还有不少哀时伤世的作品。吴文英生活的时代，南宋政权已岌岌可危。面对风雨飘摇的时局，吴文英不能奋起呐喊，只能通过写景咏物，伤今感昔，表达对国事的忧思。

吴文英哀时伤世的词中，或伤戚宋室的衰微，或隐喻南宋君臣的偷安，或描写山河的凋敝荒凉，或痛悼被迫害的忠臣良将。同时，又夹杂着对人世沧桑的感叹，把家国之感与身世之痛融为一体，其沉郁哀伤之情随处可见。

吴文英以词人和江湖游士的身份与人结交，交游很广。从其著作《梦窗词》中考察，与他有词作赠酬关系的就有60多人，包括有文人、政客、普通市民与手工业者等各阶层的人物。其中他与贾似道的交往很受人争论。

贾似道是宋理宗时的权臣，被列入《宋史·奸臣传》，吴文英却和他过从甚密，《梦窗词》中，有4首是赠贾似道的。有人认为，吴文英的4首词均作于1246年至1250年间，是贾似道还没骄横之时，所以，这4首词与吴文英投献其他权贵的词作一样，是酬酢之作，无可非议。

还有人认为，4首词中的《金盏子·赋秋壑西湖小筑》是在贾似道入朝以后所作，吴文英仍与贾似道有往来，作词吹捧他，其人品性可知。

也有人认为，吴文英只不过是从表面恭维贾似道，只是一种酬应关系。到底是哪种原因，实难说清楚。

知识点滴

元代词人的名家上乘之作

南宋入元朝的词人的作品一般重在伤今，使人能清楚地感到他们所追怀的对象就是南宋。这类词人有赵孟頫、陆文圭、姚云文等。

这些人的很多词都表现了对故国的怀思，以及国破家亡的隐痛。这部分词大多以充实的思想内容和真切的感情取胜。

赵孟頫，浙江湖州人。赵孟頫博学多才，能诗善文，懂经济，工书法，精绘艺，擅金石，通律吕，解鉴赏，其中以书法和绘画成就最高，开创元代新画风，被称为"元人冠冕"。

赵孟頫由南宋入元朝，做了元朝的官，历任兵部郎中、翰林学士承旨。他的词却表现出对故国南宋的思念，如他的《虞美人·潮生潮落何时了》：

潮生潮落何时了？断送行人

老！消沉万古意无穷，尽在长空淡淡鸟飞中。

海门几点青山小，望极烟波渺。何当驾我以长风？便欲乘桴浮到日华东。

池塘处处生春草，芳思纷缭绕。醉中时作短歌行。无奈夕阳、偏傍小窗明。

故园荒径迷行迹，只有山仍碧。及今作乐送春归。莫待春归、去后始知非。

赵孟頫这类词还有《浪淘沙·今古几齐州》《渔父词》两首，均表现出作者悲惜故国的情感。

陆文圭，江苏江阴人。他博通经史百家，兼及天文、地理、律历、医药、算术之学。南宋灭亡时，陆文圭隐居江阴城东，因此人称"墙东先生"。

陆文圭的词保存在《墙东诗余》词集里，共28首，其中约有一半是以描写歌妓和艳情为内容的。他晚年所写的词，内容上比较充实，艺术上也趋于成熟，如《探春慢·和心渊己巳元夕韵》写于晚年，寄托了他对亡宋的怀念，感情也沉郁真切。

同年所作的《满江红·己巳二月二十二日游北门，有感》中写"荒城外，牯眠衰草，鸦啼枯木，黄染菜花无意绪，青描柳叶浑粗俗”，传达出“物是人非”的衰老心境。写法上以景传情，景中寓情。

姚云文，江西高安人，宋朝灭亡，入元朝，被授承直郎，抚建两路儒学提举。他作的词不多，但有一定成就，《紫萸香慢》是姚云文词的精品：

近重阳、偏多风雨，绝怜此日暄明。问秋香浓未，待携客、出西城。正自羁怀多感，怕荒台高处，更不胜情。向尊前，又忆漉酒插花人，只座上、已无老兵。

凄清，浅醉还醒，愁不肯，与诗平。记长楸走马，雕弓搾柳，前事休评。紫萸一枝传赐，梦谁到、汉家陵。尽乌纱便随风去，要天知道，华发如此星星，歌罢涕零。

这首词是重阳节感怀之作，词作从重阳入笔，抒发了遗民不忘故国的忆旧情怀，语言平实，又不失跌宕起伏，整首词从出游始，于登

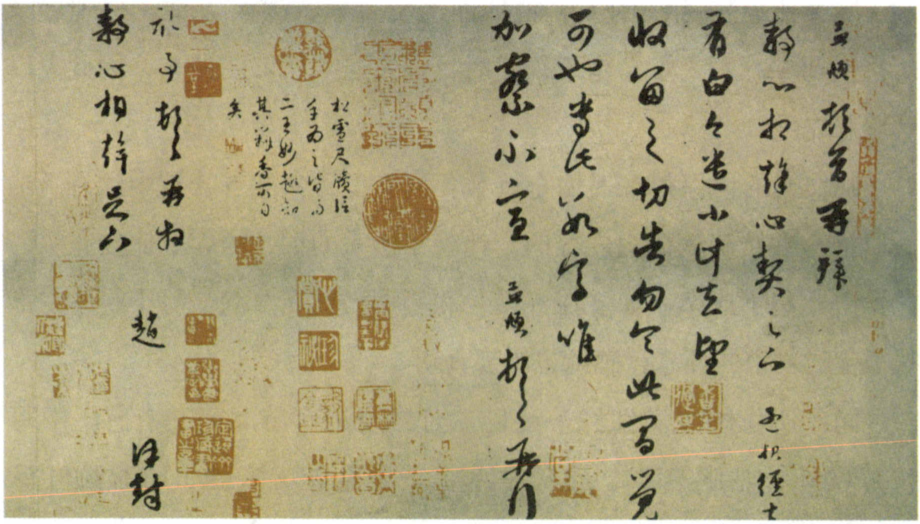

高处终，章法浑成，意蕴丰厚，读来凄怆感人。

由金入元的词人作品，一般偏于吊古，他们的词作多半是抒写在战乱兵燹、颠沛流离中的痛苦，表现对古往今来人事变迁的感伤。

这一时期，还有段克己的《满江红·雨后荒园》，白华的《满庭芳》，白朴的《水调歌头》《永遇乐》，王恽的《春从天上来》，刘因的《人月圆》等，都是属于这类作品。

这一时期除元好问、赵孟頫、陆文圭等人外，张之翰、袁易的词也颇具特点。

张之翰，河北邯郸人，他的诗词中有与元好问的诗词唱和之作。依照内容，张之翰的词可分为叹世和闲适两部分。

张之翰的叹世词多为议论出处得失。张之翰曾一度在江南做官，经历了宦海风波，这从他的《婆罗门引》"宦游最难，算长在别离间"，以及《沁园春·送刘牧之同知归江南》"早把功名，置之身外，世上何愁可皱眉"等描写中，可以窥见他对为官的淡漠心情，透露出他对羁旅客居生活的厌倦。

张之翰的闲适词，表现的多是由岁月匆匆，世事悠悠引起的无可奈

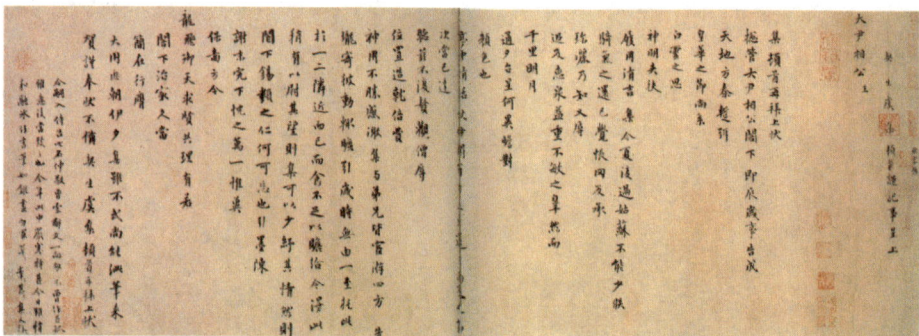

何情绪，如《木兰花慢》写岁月迅疾，如同流水，因而产生对人生短暂的感叹。再如《沁园春》"自别君来"写他晚年多病独处的寂寞，以及"但杯中有酒，何分贤圣，心头无事，便是神仙"的消极情绪。

张之翰的一些与朋友唱和往来的词，感情真挚，不同于一般应酬之作草草成章的作品，如《江城子·寄卢副使处道》《江城子·和韵姜中丞》等。

张之翰词在艺术上追求新意，描写颇为细腻，但由于他的词内容上没有什么开拓，比较狭窄，因此，只是偶有新语出现。特别是长调词，未能避免元代词直接说理、议论的一般缺点。

袁易，江苏苏州人。著有《静春堂诗集》四卷。袁易有存30首，内容大部分写他与朋友交往和诗酒优游的生活，词风与婉约派相近。

袁易在描绘自然景物时，能构成优美的意境，衬托出人物的感情，如《烛影摇红·春日雨中》，写作者在春日阴雨连绵的天气中，寂寞烦躁的心情，以及看到"白鹭双飞，清江千顷"的开朗景象时的欣悦畅快感受。

袁易的一些寿词、赠答词，尽管都是应酬作品，却有新语新意。在因袭模仿成风的元代词作家中，有着自己鲜明的风格。

元代后期词人中，虞集、张雨、萨都剌、张翥等成就相对突出。

虞集曾授大都路儒学教授，李国子助教、博士等。

虞集的词作不多，但有些名句脍炙人口，最有名的是《风入松》中"杏花春雨江南"，形象地描绘出江南的动人春色，成为江南风景的典型意象。

张雨，年二十弃家为道士，居茅山，曾跟从虞集学习。张雨博学多闻，善谈名理。其诗文、书法、绘画，清新流丽，有晋、唐遗意。

张雨的词多是唱和赠答之作。其中一些祝寿之词，内容较狭窄，语言也较陈旧。他与世俗朋友的唱和词作，反倒寄托了一些真实的思想感情，比如他的《木兰花慢·和黄一峰闻筝》《石州慢·和黄一峰秋兴》等，表现了他感叹流年易逝的世俗情绪，这些情绪具有元代士人多愁善感、格外消沉的特点。

张雨的有些即兴之作，如《朝中措·早春书易玄九曲新居壁》中的"行厨竹里，园官菜把，野老山杯，说与定巢新燕，杏花开了重来"词句，较为巧妙地写出了山居恬淡的情趣。

萨都剌，曾授应奉翰林文字，擢南台御史等。萨都剌善绘画，精书法，尤善楷书，人称"燕门才子"。萨都剌的文学创作，以诗歌为主。

萨都剌作的词不多，其中《满江红·金陵怀古》尤为脍炙人口。这首词作于他任江南诸道行台侍御史时期。整首词通过山川风物依旧而六朝繁华不再的对比，抒发了作者深沉的怀古感慨。全篇寓情于景，构成深沉苍凉的意境，给人以情绪上的强烈感染。

张翥，山西临汾人，官至翰林学士承旨。张翥擅长作诗，其诗多忧时伤乱之作。

张翥的词不如他的诗写得细腻而圆润，缺乏社会内容，但也有一些慷慨苍凉之作，如《沁园春》《洞仙歌·辛巳岁燕城初度》等，这些词寓人世炎凉于豪放之中。另外，还有一些词，如《绮罗香·雨中舟次洹上》，有婉约词风味道。

虽然张翥的词没有他的诗细腻而圆润，但与其他元代词人普遍着重记事情、发议论，对自然的感受能力迟钝，对内心感情的捕捉也不敏锐的情况相比，还是要高出一筹。

赵孟頫在年近五十的时候，琢磨起纳妾的事来了。他作了首小词给妻子示意："我为学士，你做夫人，岂不闻王学士有桃叶、桃根，苏学士有朝云、暮云。我便多娶几个吴姬、越女无过分，你年纪已四旬，只管占住玉堂春。"

词的意思是，你没听说过王献之先生有桃叶、桃根两个小妾，苏轼先生也有朝云、暮云两个小妾。因此，我就是多娶几个小妾也并不过分；何况你已经40多岁了，只管占住正房元配的位子就行了。

他的夫人管氏读后，也填写了一首《我侬词》。词是这样的：你侬我侬，忒煞情多，情多处，热如火。把一块泥，捏一个你，塑一个我，将咱两个一起打破，用水调和，再捏一个你，塑一个我，我泥中有你，你泥中有我。与你生同一个衾，死同一个椁。意思简单明了。赵孟頫看了这首《我侬词》，遂打消了纳妾的念头。

盡英雄是非　成敗轉頭空　青山依舊在　幾度夕陽紅　白髮漁樵江渚上　慣看秋月春風　一壺濁酒喜相逢　古今多少事　都付笑談中　三國演義

明清词

　　明代是词的中衰期，主要是由明代社会环境所造成。虽然总体上看，明词的成就不如明诗，但其中也有一些可圈可点的作者和作品，如刘基的《水龙吟》，高启的《念奴娇》，杨基的《蝶恋花》，文徵明的《满江红》，陈子龙的《点绛唇·春日风雨有感》《念奴娇·春雪咏兰》等。

　　词的发展在经历了两宋的高亢之后，一路低迷，日渐颓败，直到清代初期，这种颓败之风才得到遏制。一批卓有实力的词人，以卓有成效的创作维持了词的辉煌发展，出现了陈维崧、纳兰性德等著名的词人以及多个影响巨大的词派。

明代前期各具特色的词作

　　明代初期的词坛，刘基、杨基、高启等人，由元入明，虽在政治上遭受挫折，但在文坛上却有所斩获，他们所作的词能自成家数，独标异帜，尚存宋元词作遗风。

　　刘基，字伯温，是明朝的开国元勋，曾辅佐明太祖朱元璋平定天下，建立明朝。刘基诗、文兼长，词作题材多样。

　　他所作的词，有的感慨颇多，而又表现得十分凄婉；有的于委婉摹写中，寄托深意。

　　《水龙吟》是其词的代表作，《水龙吟》以建安才士自命，表明了对时局的忧虑：

> 鸡鸣风雨潇潇，侧身天地无刘表。啼鹃进泪，落花飘恨，断魂飞绕。月暗云霄，星沉烟水，角声清袅。问登楼王粲，镜中白发，今宵又添多少。
>
> 极目乡关何处？渺青山髻螺低小。几回好梦，随风归去，被渠遮了。宝瑟弦僵，玉笙指冷，冥鸿天杪。但侵阶莎草，满庭绿树，不知昏晓。

此词寓豪放于凄婉之中，在深沉的忧思中，流注着郁勃的气韵。《念奴娇·咏蛙》于委婉摹写中寄托深意：

> 池塘过雨，有许多、蛙龟为谁强聒？乍寂还喧如聚讼，缕官商争发。呕哑蛮歌，兜离鞮唱，颊齿相敲龁。可人幽梦，惊回天水空阔。
>
> 最好，白石清泉，被渠翻倒，作蹄涔丘垤。蚯蚓蝼蛄无智识，相趁草根嘈囋。坐井持颐，当车怒目，几欲吞明月。子阳安在？至今莫辨优劣。

此词通过群蛙"强聒""聚讼"，"怒目欲吞月"的描写，表现作

者对世风不正，群小逞强，贤愚颠倒，优劣莫辨的黑暗和腐败现实的不满，以及对摇唇鼓舌，擅生是非的憎恨，犹如一幅讽刺性的漫画，辛辣地针砭时弊。

刘基的词作，尤其是长调，情感色彩很浓，最著名的是《沁园春·万里封侯》：

万里封侯，八珍鼎食，何如故乡？奈狐狸放夜啸，腥风满地，蛟螭昼舞，平陆沉江。中泽哀鸿，苞荆隼鸮，软尽平生铁石肠。凭栏看，但云霓明灭，烟草茫茫不须踽踽凉凉，盖世功名百战场。

笑杨雄寂寞，刘伶沉湎，嵇生纵诞，贺老清狂。江左夷吾，隆中诸葛，济弱扶危计甚长。桑榆外，有轻阴乍起，未是斜阳。

这首词作于元末。词中传达的是作者一种崛起于乱世的远大抱负。刘基的词中亦不乏情思细美，体性阴柔，比兴婉曲，境界朦胧之作，短调如《眼儿媚》：

烟草萋萋小楼西，云压雁声低。两行疏柳，一丝残照，数点鸦栖。

春山碧树秋重绿，人在武陵溪。无情明月，有情归梦，同到幽闺。

这首词用宋代人秦少游常用的"缘情布景"之法，即景抒情，格韵双美，令人咀嚼玩味。

高启，元代末期隐居青丘，因此又号青丘子，江苏苏州人。洪武二年，召修元史，授翰林院国史编修。他的词风，与刘基颇为相近，其《念奴娇·自述》中的"勋策万里，笑书生，骨相有谁曾许，壮志生平还自负，羞此纷纷儿女。酒发雄谈，剑增奇气，诗吐惊人语"颇有南宋辛之风。

由于命运的坎坷，高启的词作又有一种幽凄的味道，如《石州慢·春感》：

> 落了辛夷，风雨顿催，庭院潇洒，春来长恁，乐章懒按，酒筹慵把。辞莺谢燕。十年梦断青楼，情随柳絮轻惹。难觅旧知音。把琴心重写。
>
> 妖冶，几曾携手，斗草栏边，买花廉下。看到辘轳低转。秋千高打，如今甚处，纵有团扇轻衫，与谁更走章台马。回首暮山青，又离愁来也。

清代人沈雄在《古今词话》是这样评论高启的这首词的："青丘乐府大致以疏旷见长，而《石州慢》又极缠绵之致。"

杨基，是"吴中四杰"之一。明代初

期做了荥阳知县，累官至山西按察使。杨基的词有的带有寓意，所感甚深，颇为缜密，并有一种清气充溢词句中，很耐人寻味。如《多丽》这首词便以绵密为尚，又有清气行乎词句其间：

> 问莺花，晚来何事萧索？是东风，酿成新雨，参差吹满楼。避寒金，再簪宝髻，灵犀镇，重护香螺。杏惜生红，桃缄浅碧，向人憔悴未舒萼。念唯有、淡黄杨柳，摇曳映珠箔。凭栏久，春鸿去尽，锦字谁托。
>
> 奈梦里，轻歌妙舞，觉来偏更情恶。听高楼，数声羌笛，管多少，梅花惊落。鸳带慵宽，凤鞋懒绣，新鞋谁与共行乐？料在楚云湘水，深处望黄鹤。天涯路，计程难定，长恁漂泊。

杨基也有花间风之作，尽显婉约之风，如《蝶恋花·新制罗衣珠络缝》：

新制罗衣珠络缝，消瘦肌肤，欲试犹嫌重。莫信鹊声相侮弄，灯花几度成春梦。

风雨又将花断送，满地胭脂，补尽苍苔空。独自移将萱草种，金枝挽得花枝动。

杨基的一些小令有了俚俗之气，如《菩萨蛮》"花也笑姮娥，让他春色多"；《蝶恋花·卜居》"白鹭轻鸥为伴侣，女嫁渔郎，男娶渔家女，已绿蓑眠细雨，料应天意还相许"。

知识点滴

刘基，即刘伯温，是个神乎其神的人物，在民间的人气极旺。民众心目中的刘伯温，是清官的代表，智慧的化身，人民的救星。他能前知五百年、后知五百年，还是个风水大师、高道神仙。

明代杨守陈称赞刘基："子房之策，不见辞章；玄龄之文，仅办符檄。未见树开国之勋业而兼传世之文章如公者。公可谓千古之人豪矣！"

明朝开国皇帝明太祖朱元璋评价刘基："学贯天人，资兼文武；其气刚正，其才宏博。议论之顷，驰骋乎千古；扰攘之际，控御乎一方。慷慨见予，首陈远略；经邦纲目，用兵后先。卿能言之，朕能审而用之，式克至于今日。凡所建明，悉有成效。"

明代人所辑的《诚意伯文集》中，有刘基散文323篇，诗歌1184首，词233首。

明代中后期颇多亮色词作

　　明代中叶以后，词家虽然众多，但词风日下，甚至出现了以填词酬应献谀的人，这时期唯一可称道的词人是杨慎，其词风意境豪雄。

　　杨慎，字用修，号升庵，后因流放滇南，故自称博南山人、金马碧鸡老兵。杨慎的父亲是内阁首辅，叫杨廷和。杨慎从小受到良好教育，且天性聪明，7岁能背许多诗。11岁时，会写近体诗。

　　13岁时，杨慎随父入京师，沿途写有《过渭城送别诗》《霜叶赋》《咏马嵬坡》诗等，其《黄叶诗》轰动京城。

　　21岁时，杨慎参加会试，文章被列为卷首。谁知烛花烧坏了考卷，使其名落孙山。24岁时，再次参考，殿试第一，即状元，授翰林修撰。从此，正式登上明朝政

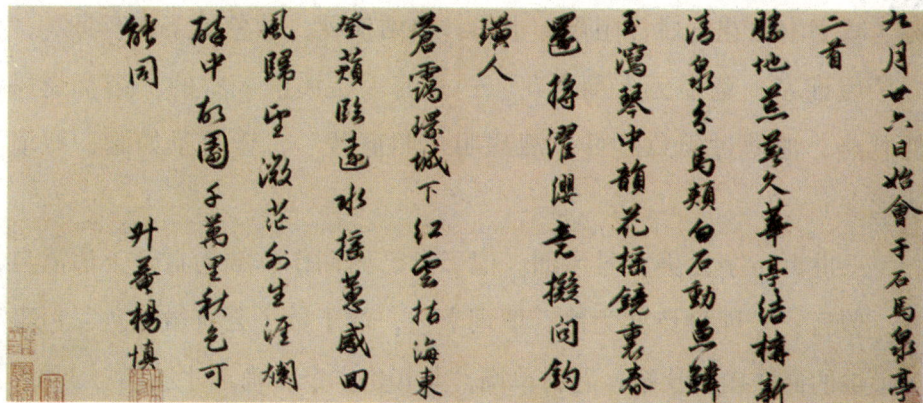

治舞台。

杨慎能文、词及散曲，论古考证之作范围颇广，著作达百余种，为明代三大才子之首。代表杨慎意境豪雄之风的词作是《临江仙》：

> 滚滚长江东逝水，浪花淘尽英雄。是非成败转头空。青山依旧在，几度夕阳红。
>
> 白发渔樵江渚上，惯看秋月春风。一壶浊酒喜相逢。古今多少事，都付笑谈中。

词作为咏史之作，以概括性的语言启发人丰富的联想，具有极强的历史涵容力。全词有怀古，也有托物言志。豪放中有含蓄，高亢中有深沉。在苍凉悲壮的同时，又创造了一种淡泊宁静的气氛，一种高远意境在这种气氛中反映出来。

在词学理论方面，杨慎也有所贡献，著有《词品》6卷，词集《百绯明珠》《词林万选》诸种。

明代中叶，一些写景的小令也颇有些成绩，如吴宽《采桑子》中的"纤云尽卷天如水，芦荻风残，松竹霜寒，更看前溪月满山"；赵宽《减字木兰花·姚江阻雨》中的"白雨横秋，秋色萧条动客舟"，"茅屋谁家，荒径无人菊自花"；夏言《浣溪沙》中的"帘幕受风低乳燕，池塘过雨急鸣蛙。酒醒明月照窗纱"，皆写景如画，意境清远。

王世贞，字元美，号凤洲。他于自己的词作，颇为自负，沾沾自喜，曾言："匪独诗文为然，填词末艺，敢于数子云有微长。"但事实上他的词作内容狭窄，题材单调，尤其是小令，确乏才气。

到了明代后期，词坛发生了很大变化。此时，文坛上以反复古为主流，而词坛则以继承词统为号召，以图振兴词风。特别是陈子龙、夏完淳等人的一些优秀词作，为明代词坛增添了几多亮色。

陈子龙，初名介，字卧子、懋中、人中，号大樽、海士、轶符等。崇祯十年进士，曾任绍兴推官，论功擢兵科给事中。

陈子龙是明末重要作家，诗歌成就较高，诗风或悲壮苍凉，充满民族气节；或典雅华丽；或合二种风格于一体。擅长七律、七言歌行、七绝，被公认为"明诗殿军"。

陈子龙也擅长作词，为婉约词名家、云间词派盟主，被后代众多著名的词评家誉为"明代第一词人"。

陈子龙可以说是真正转变明中叶浮靡词风的第一人，以他为核心

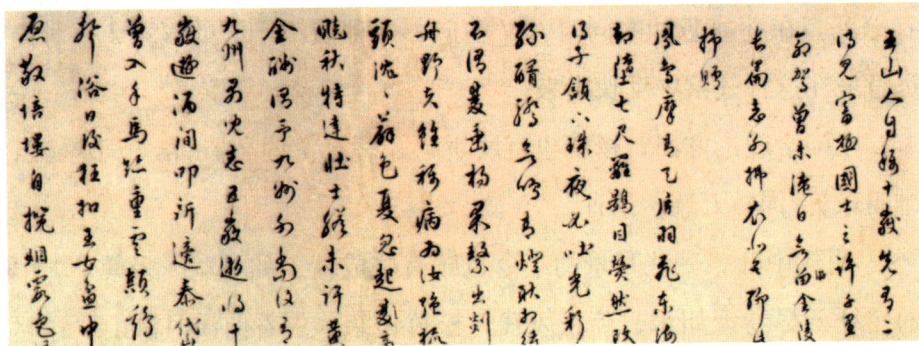

的云间词派致力为词，勤苦唱和，使得词艺再次焕发出迷人光彩。

陈子龙崇尚南唐李璟、李煜以及花间词名家、北宋秦观、周邦彦等人，其词风流婉丽，蕴藉极深，深得婉约派遗风。

陈子龙的词在意境方面分别表现出了情韵生动、浑融自然、含蓄婉约等特征和风貌。这些风貌大大提升并增强了其词的内涵及价值，使得其词在明代词坛上熠熠生辉，对词坛回归南唐、花间、北宋风格作出了至关重要的贡献。

陈子龙的词中也多有感念亡国之作，如《唐多令·寒食》：

碧草带芳林，寒塘涨水深，五更风雨断遥岑。雨下飞花花上泪，吹不去，两难禁。

双缕绣盘金，平沙油壁侵，宫人斜外柳荫阴。回首西陵松柏路，肠断也。结同心。

再如《点绛唇·春日风雨有感》亦多凄苦之声：

满眼韶华，东风惯是吹红去。几番烟雾，只有花难护。

梦里相思，故国王孙路。春无主，杜鹃啼处，泪染胭脂雨。

其他像《二郎神·清明有感》中的"最恨是年年芳草，不管江山如许"；《诉衷情·春游》中的"叹绣岭宫前，野老吞声，漫天风雨"都饱含着对家国的深厚情感。

除了陈子龙外，夏完淳等人亦作有抒发感慨的上乘之作，如夏完淳《卜算子》中的"十二玉阑干，风有灯明灭，立尽黄昏泪几行，一片鸦啼月"；张煌言《柳梢青》中的"此身付与天顽，休更问秦关汉关。白发镜中，青萍匣里，和泪相看"。或绵邈凄恻，或慷慨淋漓，都饱含着对家国的深厚情感。

知识点滴

杨慎是个多才多艺的人，他不仅精通经、史、诗、文、词曲、音乐、戏剧、金石、书画，而且对哲学、天文、地理、生物、医学、语言、民俗等也有很深的造诣。《明史》本传称："明世记诵之博，著作之富，推慎第一。"

不但如此，杨慎为人也十分让人敬佩，他正直，不畏权势。明代武宗正德皇帝朱厚照是一个著名的色鬼。杨慎目睹民不聊生，实在气愤不过，称病告假，辞官归乡。

武宗死后，皇位由其堂弟继位。杨慎又被召之为官。但他耿直的个性使他无法施展政治抱负。尤其在世宗继位后逾越法度的问题上，杨慎带领百官"逼宫"，以静跪示威。

在遭受两次杖击后被充军云南永昌卫。这一放逐，便是漫长的30年。但他并未因环境恶劣而消极颓废，仍然奋发有为。最难能可贵的是他仍然关心人民疾苦，不忘国事。

陈维崧博采众长开豪放词

到了清代以后，以陈维崧为首的豪放型的阳羡派学习苏轼、辛弃疾的词风，使豪放之词大放光芒。陈维崧，字其年，号迦陵，江苏宜兴人。家门显赫少负才名，康熙时应博学鸿词科，授翰林检讨。

陈维崧擅长骈文，尤其精于作词，著有《陈迦陵诗文词全集》。陈维崧词作数量很多，填词多达1600余首，可说为古今之最。

陈维崧的词奔放、豪迈，继承了苏轼和辛弃疾的词风，而且还增加了一种霸悍之气。人们称说："迦陵词气魄绝大，骨力绝遒，填词之富，古今无两。"

陈维崧词作的这种霸悍之气主要表现在抒情的爆发力上。这种气势的形成，一方面是由于

他在词的写作艺术上达到了自由超越的程度，以往的观念难以再作束缚。另一方面，由于陈维崧精通历史，他同时将歌行和赋等笔法充分运用到了他的词中，纵横议论，洞照古今的手法使他的词在抒情的空间上得到了前所未有的拓宽。

所以，主客观等多方面的因素促使陈维崧的词能够另拓疆域，自辟门径，弥补了苏轼、辛弃疾的短处，成就了非凡的造诣。

陈维崧以如椽大笔，直写动荡残酷的社会现实。眷念故国，感慨兴亡，嗟叹遭际，悲悯苍生，种种题材成就了他的豪放之风，跳跃的词句恣情地宣泄他的万丈豪情，如他的《点绛唇·夜宿临洺驿》：

晴髻离离，太行山势如蝌蚪。稊花盈亩，一寸霜皮厚。

赵魏燕韩，历历堪回首。悲风吼，临洺驿口，黄叶中原走。

这首词虽为短调，但容量却很大，感慨兴亡的主题借阔大萧瑟之景，表现得极其浓烈，具有震撼人心的魅力。再如《南乡子·邢州道上作》：

秋色冷并刀，一派酸风卷怒涛。并马三河年少客，粗豪，皂栎林中醉射雕。

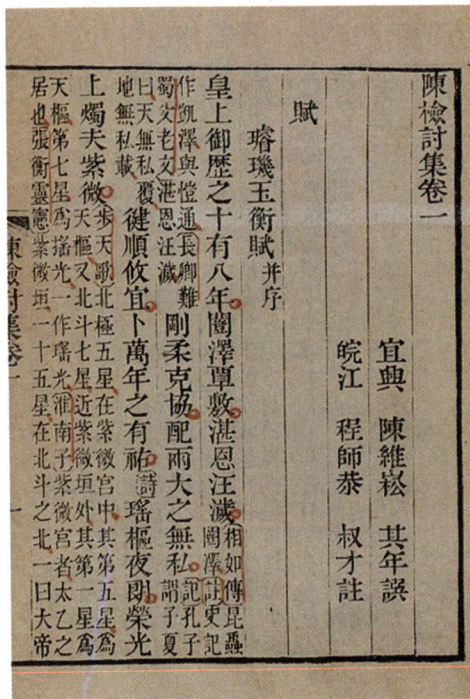

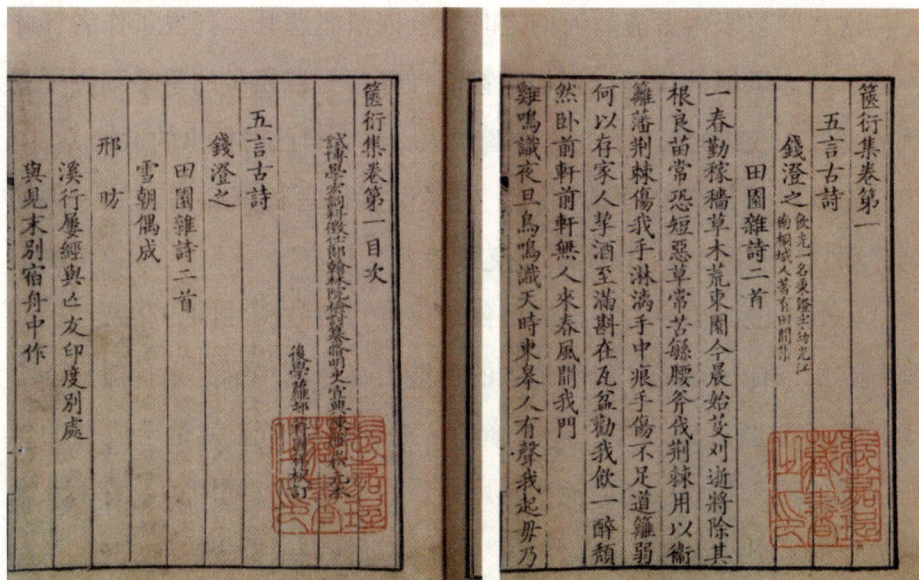

残酒忆荆高，燕赵悲歌事未消。忆昨车声寒易水，今朝，慷慨还过豫让桥。

这首词与《点绛唇·夜宿临洺驿》同时期完成，也含有伤今吊古之意。《点绛唇·夜宿临洺驿》感喟历史风云，多凄楚苍茫，而这首词则杂入身世之悲，多豪迈遒壮，因此意味更为深重。

陈维崧词中借物抒怀之作也占据一定的比重，这类词作同样也以风格豪放、格调雄奇为显著特色，如《醉落魄·咏鹰》：

寒山几堵，风低削碎中原路。秋空一碧无今古，醉袒貂裘，略记寻呼处。

男儿身手和谁赌。老来猛气还轩举。人间多少闲狐兔。月黑沙黄，此际偏思汝。

这首词写于作者流寓河南之时。全词慷慨悲壮，抒发了作者怀才不遇、壮志难酬的忧愤。词作咏物而抒怀，先以粗犷的笔墨刻画了苍鹰的高傲、威武的形象，接着由鹰及人，写到自己对往事的追忆。

陈维崧是比较全面的词人，他不仅擅长写长调，写豪放一类的词，而且也兼擅小令和慢词，且艺术性都比较高。

一般来说，小令由于篇幅短狭，很难写得波澜壮阔，腾跃激扬。陈维崧则以他出众的才华和惊人的创造力在令词中描绘出一般只能寓于长调的慷慨沉雄境界，《点绛唇·夜宿临洺驿》就是个成功的例子。他的词艺术性较高，他精于用典，往往在一首词中掺杂着十几个典故，如果不熟悉这些典故的话，就很难理解词中所含的深意。

陈维崧曾写过一组汴京怀古的词，调子用的是《满江红》，共10首。这10首词，结合地理、历史、人物等，用了大量的典故。其中第四首写的是"吹台"，全词如下：

太息韶华，想繁吹、凭空千尺。其中贮、邯郸歌舞，燕齐技击。宫女也行神峡雨，词人会赋名园雪。羡天家、爱弟本轻华，通宾客。

梁狱具，宫车出；汉诏下，高台坼。叹山川依旧，绮罗非昔。世事几番飞铁凤，人生转眼悲铜狄。着青衫、半醉落霜雕，弓弦折。

这首词写的是汉梁孝王一系列豪华的生活场面，感叹世事变迁，人生易老，其中寓含理趣。词中用典极多，如"邯郸歌舞""燕齐技击""名园""赋雪"等。

陈维崧的词虽不及苏轼、辛弃疾之词，因其豪放少羁勒，不够沉厚蕴藉，但是他的词作能博采众长为我所用，在构思、技巧、用语上都有自己的特色。

除了豪放词作之外，陈维崧也有清真娴雅之作，亦写得很出色。《念奴娇·读屈翁山诗有作》，雄奇壮阔，兼富情趣；《唐多令·春暮半塘小泊》信手拈来，口语入词，显示出作者能运用多种艺术手法的特点。

《望江南》《南乡子》等组词，以清新笔调，写江南、河南的风光和社会生活；《蝶恋花》《六月词》写农民入城的情态；《贺新郎》写艺人的遭遇，这些词又显示出陈维崧词题材广阔的特点。

清陈廷焯《白雨斋词话》评为："情词兼胜，骨韵都高，几合苏、辛、周、姜为一手。"充分说明陈维崧能将不同风格熔于一炉，而能抒写自如。

陈维崧旗下聚集了任绳隗、徐喈凤、史惟圆、万树、曹亮武等一批词家，后来还有蒋士铨、郑燮、姚椿等人。这些词人同陈维崧一样，崇尚苏轼、辛弃疾，词风雄浑粗豪。他们相互唱和，颇具声势，为清词的中兴作出了重要贡献。

知识点滴

陈维崧的雄阔词风与他的豪放不羁性格紧密关联。他早年曾拜著名爱国诗人陈子龙为师。10岁时，代其祖父拟《杨忠烈像赞》。17岁即"补邑博士弟子员"。其时，宜兴成立"秋水社"，参加的都是邑中有名望的文人，其中陈维崧年龄最小。

之后，吴门、云间、常州、润州等地大兴文会，他即席赋诗数十韵；有时作记序，用六朝排比，骈四俪六，顷刻千言。许多著名诗人、古文家如王士禛、朱彝尊、顾贞观、魏淑子和姜西溟等争与为友，来往甚密。

陈维崧落拓不羁，重义气，轻财货，乐于助人，所谓"视钱帛如土。每出游馈遗，随手尽，垂橐而归。归无资，命令质衣物供用。至无可质，辄复游，率以为常"。

"文如其人"，这种率性而为、直抒胸臆而无所顾忌的性格，也造就了其豪放不羁的词风。

朱彝尊营造出婉约词风

随着清代政局和社会的进一步稳定，为豪放雄风提供的空间逐渐狭窄，而以朱彝尊为首的"浙西六家"登上词坛，相互呼应，以理论为支撑，以创作为依傍，营造出一片婉约天地。

朱彝尊，字锡鬯，号竹垞，又号驱芳，晚号小长芦钓鱼师，又号金风亭长。浙江嘉兴人。康熙时，举博学鸿词科，授翰林院检讨。

朱彝尊的词影响很大，作词风格清丽，为浙西词派的创始者，与陈维崧并称"朱陈"。

朱彝尊开创了清词新格局，他认为明词因专学《花间集》《草堂诗余》有

气格卑弱、语言浮薄之弊，应该以"清空""醇雅"矫之。

朱彝尊主张学习南宋词，他尤其崇拜南宋格律派词人姜夔、张炎，提出：

> 世人言词，必称北宋，然词至南宋始极其工，至宋季而始极其变。姜尧章氏最为杰出。

他还选辑唐至元人词为《词综》，借以推衍其主张。

朱彝尊的这一主张被不少人尤其是浙西词家所接受而翕然风从，其中主要有李良年、李符、沈皞日、沈岸登、龚翔麟等人。

龚翔麟将朱彝尊的《江湖载酒集》、李良年的《秋锦山房词》、李符的《末边词》、沈皞日的《茶星阁词》、沈岸登的《黑蝶斋词》以及自己的《红藕庄词》合刻于金陵，名《浙西六家词》。陈维崧为之作序，浙西词派由此而名。

朱彝尊的《曝书亭词》由数种词集汇编而成。所作讲求词律工严，用字致密清新，其佳者意境醇雅净亮，极为精巧，如《洞仙歌·吴江晓发》：

澄湖淡月，响渔榔无数。一霎通波拨柔橹，过垂虹亭畔，语鸭桥边，篱根绽、点点牵牛花吐。红楼思此际，谢女檀郎，几处残灯在窗户。

随分且欹眠，枕上吴歌，声未了、梦轻重作。也尽胜、鞭丝乱山中，听风铎郎当，马头冲雾。

在词中，词人将静谧的江南水乡的清晨，乘舟出发的风情，描摹得十分细腻。一路月淡水柔，篱边花发，楼头灯残，舟中人在吴歌声中若梦若醒，营造出一种清幽的情趣。

朱彝尊以学者之身而为词，在词的理论上颇有研究。他在《紫云词序》称"词则宜于宴嬉逸乐，以歌咏太平"，"大都欢愉之词"，因此他的笔下多有友人酬答，词人唱和，别愁离绪，情思深婉之作，如《桂殿秋》：

思往事，渡江干，青蛾低映越山看。共眠一舸听秋雨，小簟轻衾各自寒。

淅淅沥沥的秋雨带来丝丝寒意，青年男女近在咫尺，却为礼法所约束，如分隔天涯。此词写作者与其小姨乘舟渡江避乱时情景，这些如烟往事漫过作者心头，情思绵绵。

其《忆少年》一词，与此词事相连，意趣相同，有"相思了无益，悔当初相见"一句，把一腔真情说得更深、更透了。

朱彝尊有一部分据说是为其妻妹而作的情词，这些词大都写得婉转细柔，时有哀艳之笔。看其中的一首《眼儿媚》：

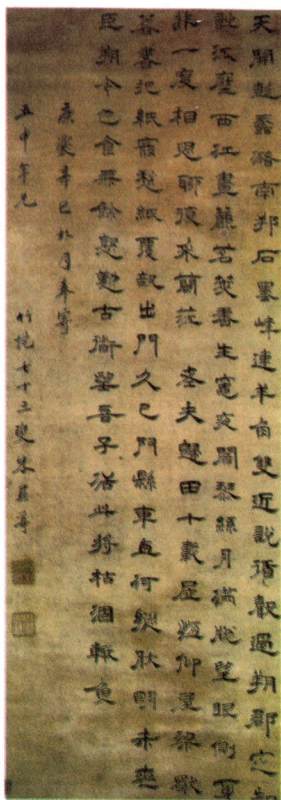

那年私语小窗边，明月未曾圆。含羞几度，几抛人远，忽近人前。

无情最是寒江水，催送渡头船。一声归去，临行又坐，乍起翻眠。

　　词作把初恋时的欲罢还休，热恋后离别之际的坐立不安，表现得淋漓尽致。文字平易清新，却又可以领略到孤诣锤炼的功力。从这些爱情小词中完全可以体味到朱彝尊婉约深致的特点，因此被人誉为"清词冠冕"。

　　朱彝尊论词追求"醇雅""清空"，因此，不能一味地纠缠在声色艳情之中，也要有"言愁苦者十一焉耳"，也就有了怀古伤今，感时抒怀之作，如《卖花声·雨花台》，这首词是他在游览雨花台时写出来的，是一首吊古伤今之作：

衰柳白门湾，潮打城还。小长干接大长干。歌板酒旗零落尽，剩有渔竿。

秋草六朝寒，花雨空坛。更无人处一凭栏。燕子斜阳来又去，如此江山。

　　这首词追怀往事，不胜感慨。上片描写南京的衰败零落，下片吊古伤今，抒发感怀，字字蕴含着兴亡之慨。全词哀婉抑郁，清丽自然，充分地体现了作者的才情和风格。再如《解佩令·自题词集》：

十年磨剑，五陵结客，把平生涕泪都飘尽。老去填词，一半是空中传恨，几曾围燕钗蝉鬓。

不师秦七，不师黄九，倚新声玉田差近。落拓江湖，且分付歌筵红粉。料封侯白头无分。

这首词亦是朱彝尊的代表作之一，全词悲凉激愤，潜气内转，沉郁之情可见。浙西派在朱彝尊影响下，标举清空醇雅风格，蕴藉空灵，无轻薄浮秽之弊，也不落浓艳媚俗。即使艳情咏物，也力除陈词滥调，独具机杼，音律和谐。

信奉浙西词派主张的词人不计其数。清代康熙、雍正、乾隆时，浙西词派风靡一时。前期除六家外，尚有彭孙通、汪森、柯崇朴、曹尔堪、周筼、王雄、沈进等大量的本地词人以及外地词人。

后期浙西词派重要词人有钱塘人厉鹗、青浦人王昶、钱塘人吴锡麒、清前期吴江人郭麐、雍正时海宁人许昂霄、道光时海宁人吴衡照、道光时钱塘人项鸿祚以及黄型清、冯登府、杜文澜、张鸣珂等大量词人。

浙西词派的开创者朱彝尊去世不久，厉鹗崛起于词坛，承袭了浙西词派的主张，并有所修正和发展，尊周邦彦、姜白石，擅南宋诸家之胜，成为清代中叶浙西词派的中坚人物，使得浙派之势益盛。厉鹗之后，虽仍有词人承其余绪，然而日渐衰颓，势如强弩之末。

知识点滴

纳兰性德集凄清词风大成

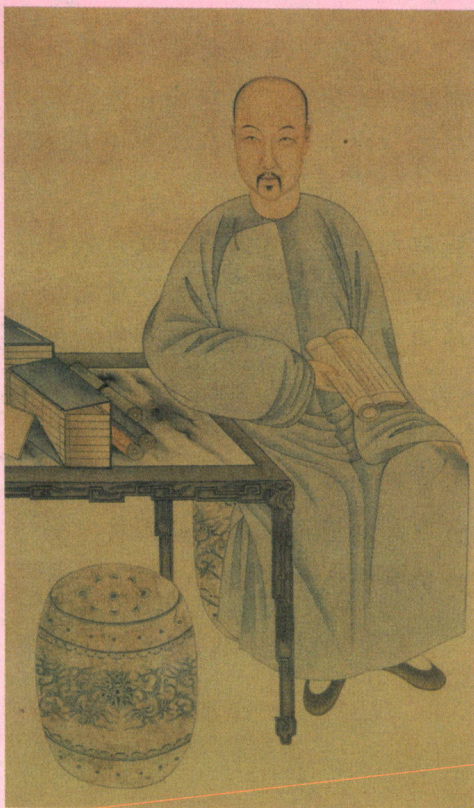

纳兰性德，字容若，号楞伽山人，满族正黄旗人，他的父亲是清代康熙朝赫赫有名的内阁大臣、太子太师纳兰明珠，可谓出身显赫。

纳兰性德自幼天资聪颖，读书过目不忘，很小时就开始学习骑射。17岁时，纳兰性德开始入太学读书，为国子监祭酒徐文元赏识，推荐给其兄内阁学士、礼部侍郎徐乾学。

18岁时，纳兰性德参加顺天府乡试，并考中举人。次年，正准备参加会试，但是一场突如其

来的病使他没能参加成殿试。

　　在此后的数年中，纳兰性德拜徐乾学为师，发愤研读。在名师的指导下，他在两年中，主持编纂了一部1792卷编的儒学汇编《通志堂经解》，此举受到了皇上的赏识，也为他今后发展打下了基础。

　　接着，纳兰性德又把搜读经史过程中的见闻和学友传述记录整理成文，用三四年时间，编成4卷集《渌水亭杂识》，其中包含历史、地理、天文、历算、佛学、音乐、文学、考证等方面知识，表现出他相当广博的学识基础和各方面的意趣爱好。

　　纳兰性德22岁时，再次参加进士考试，以优异成绩考中二甲第七名。康熙皇帝授他三等侍卫的官职，以后升为二等，再升为一等。

　　纳兰性德以词闻名，著有《饮水词》，存词300余首。纳兰性德的词有南唐后主的遗风，以凄清见长，悼亡词情真意切，令人不忍卒读。

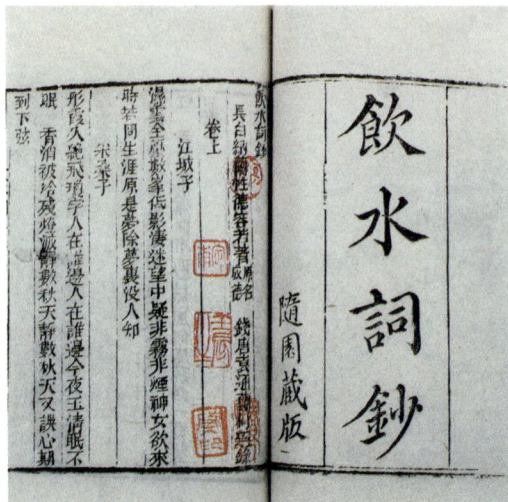

悼亡词在纳兰性德的创作中，几乎占十分之一。在他之前，从来没有人这样大量创作悼亡词。

纳兰性德的悼亡词对他凄清词风的形成，有着重要影响。其悼亡词反映了高尚的人情美，在内容和形式的结合上达到了高度的和谐统一，是他无限凄楚的悼亡之情和卓越的文学才华水乳交融的结晶。

在纳兰性德的大量词中，边塞词无论在质量上还是数量上都值得注意。他"以自然之眼观物，以自然之舌言情"，既描绘了边塞雄浑勃郁之美，又刻画了塞外的凄清苍凉。

纳兰性德以真挚的感情，把建功立业的雄心与对现实中待卫生活的厌倦、爱国忧民的心怀与伤离念远的思愁、吊古伤今的喟叹与民族和睦的祝愿融入边塞词中，既体现了其进步的历史观和民族观，也可以使人体会出其中包含的无限幽怨和无尽伤感。

他的《长相思·山一程》尤耐咀嚼：

山一程，水一程，身向榆关那畔行，夜深千帐灯。
风一更，雪一更，聒碎乡心梦不成，故园无此声。

词作描述了作者随皇帝东出山海关时，风雪交加中扎营的壮景及个人心境。

　　纳兰性德为人至真至纯，对挚友肝胆相照，一腔热情。他与朋友或是书信往还、唱和赠答，或是雅集联句、饮酒赋词，许多词作情真意切，感人至深。

　　纳兰性德对友真诚慷慨，可以在他的代表作《金缕曲·赠梁汾》中看出。在这首词中，就有"一日心期千劫在，后身缘，恐结他生里。然若重，君须记"之句。

　　有关爱情的词在纳兰词中所占比例最大，这类词多写儿女情长，怨离伤别，表达了爱情中的喜悦或伤感，其感情真挚圣洁，思念深广绵长，最能体现其缠绵凄婉的词风，如《木兰花令·拟古决绝词》：

　　　　人生若只如初见，何事秋风悲画扇。等闲变却故人心，却道故人心易变。

　　　　骊山语罢清宵半，夜雨霖铃终不怨。何如薄幸锦衣郎，比翼连枝当日愿。

　　这首《木兰花令》常被当作爱情诗来读，其实这首词是模仿古乐府的决绝词，也即写给一位朋友的。在道光十二年的刻本《纳兰词》里，就可以看到词牌下边还有这样一个词题："拟古决绝词，柬友"。

再如《梦江南》：

昏鸦尽，小立恨因谁？急雪乍翻春阁絮，轻风吹到胆瓶
梅，心字已成灰。

这首词是写在纳兰性德的表妹雪梅被选到宫里之后。他与表妹雪
梅一块儿长大，从小青梅竹马，两小无猜，虽然没有挑明爱情关系，
但纳兰性德深深地爱着雪梅这是事实。他与表妹曾经一块儿去读私
塾，一块儿玩耍，一块儿对诗作赋。如今，表妹进了皇宫，当了妃
子，叫谁能不痛苦呢？

表妹走后，纳兰性德曾经装扮成僧人进宫去见过表妹一面，回来后好长时间放不下。所以，他常一个人在黄昏时小立，望着宫廷的方向凝神。可是，初恋是彻底没有希望了，这辈子也别再想了，心事变成了灰一样。

《梦江南》有单调、双调和另调，这一首是用的单调。全词总共才27字，词的容量极其有限。但是，纳兰性德在这27个字中，塑造了一个失恋者的形象。

他悲愤，他痛苦，他怨恨，他心如刀割，他心灰意冷。但是，他又不能表现出来，他把内心的痛苦压抑住，强赔着笑脸应付家人与外界。

这首小词营造了由几个意象组成的意境：黄昏、乌鸦、柳絮、春阁、瓶梅、心香。把相思的凄苦与灰色的景物融合在一起，既有实景的描画，又有心如死灰的暗喻。意境构成了一个十分伤感的画面。

《饮水词》中有相当一部分是描写夫妻感情生活的，其词句婉丽优美，情意绵长，有较高的美学价值。纳兰性德是性情中人，爱情是他生活的重要部分。他对爱情的珍视、深挚、专注和执着，从大量悼念亡妻的词作中汩汩涌出。

如《青衫湿·悼亡》：

近来无限伤心事，谁与话长更？从教分付，绿窗红泪，早雁初莺。当时领略，而今断送，总负多情。忽疑君到，漆灯风飐，痴数春星。

纳兰性德与妻子卢氏恩爱至深，不想不及五载便成永诀，这对一个对爱情极为看重的人无疑是一个非常沉重的打击。

他不能忘却娇妻"痴数春星"的可人形象，更为"无限伤心事"却无人共语的凄清悲凉所煎熬。这首词作充分地表达了这一深沉的情感。

纳兰性德此类词颇多，首首皆是真情所致，和着泪、和着血之作。纳兰性德的这类词作清丽婉约、自然深挚，不染纤尘脂粉，纯任性灵。

在词的艺术方面，纳兰性德一贯主张作词须有才学，他对泥古、临摹仿效深恶痛绝，在创作态度上"欲辟新机，意见孤行、排众独出"。他认同杜甫"别裁伪体亲风雅，转益多师是汝师"的观点，提出了"凡风骚以来，皆汝师也"。

纳兰性德认为"随人喜怒，而不知自有之面目"是迂腐之徒的作为，不足取。他形象地比喻此般行止如矮人观场，随人喜怒。他谈诗词创作"亦须有才，乃能挥拓；有学，乃不虚薄、杜撰。才、学之用于诗者，如是而已"。

纳兰性德还主张作诗词要有比兴。他从文艺批评的角度，对唐、宋、明的诗词作品进行比较，指出宋明的作品赋多比兴少，"雅颂多赋，国风多比兴，楚辞从国风而出，纯是比兴，赋义绝少。唐人诗宗风骚，多比兴。宋诗比兴已少，明人诗皆赋也，便觉版腐少味。"

在纳兰性德的诗词中，他常以竹、松、兰、荷等自比，借物起兴，循着他的"发乎情，止于礼义"的创作过程，抒发高洁的情怀，辨明超脱的心志。

关于纳兰性德的《饮水词》，后代多有评价。清初著名词人陈维嵩认为："《饮水词》哀感顽艳，得南唐后主之遗。"清代末期学者梁启超曾评纳兰性德词："容若小词，直追后主。"

知识点滴

纳兰性德的职业对他的文学成就产生了不小的影响。纳兰性德点为进士后，便做了大内侍卫，并在几年的时间，从三等侍卫升到一等侍卫。

纳兰性德担任侍卫后，非常受皇帝崇信，常常"御殿则在帝左右，扈从则给事起居""吟咏参谋，多受恩宠"。他在御前任职，能应付自如。皇帝诗兴大发，他随声唱和；皇帝若有著述，他受命译制；皇帝行猎，他则执弓冲突，跃马随围。

由于尽职称诣，纳兰性德受到了康熙皇帝的金牌、彩缎、弧矢、佩刀、鞍马、诗抄等赏赐，得到让许多人羡慕的特殊眷顾。同时，宫廷侍卫要常随帝王参与各种重要活动，遇有巡狩之事则要扈从，踏名胜山川，过乡镇城邑。

经历见识对一个有成就的作者是必不可少的，对其激发情感，扩大境界有着至关重要的作用。这种影响，在一定程度上避免了纳兰性德文学创作的狭隘局限，丰富了他的文学创作。

清代中后期词坛流派

　　清代中后期，活跃在词坛上的是"后七家"和清代末期"四大家"。清词"后七家"指嘉庆、道光年间活跃在词坛并且深具影响的张惠言、周济、龚自珍、项鸿祚、许宗衡、蒋春霖、蒋敦复7位词人。其中以张惠言、周济、龚自珍影响最大。

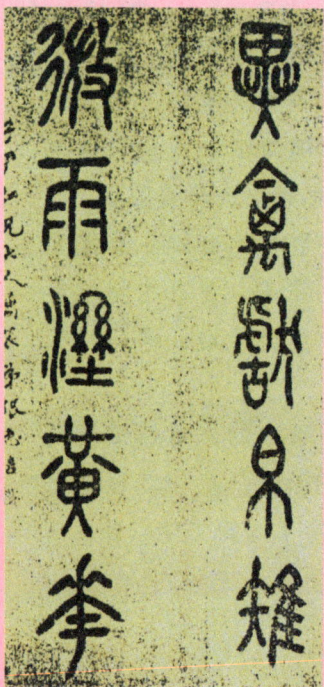

　　张惠言，原名一鸣，字皋文，江苏常州人。1799年张惠言考中进士，改庶吉士，授翰林院编修。

　　张惠言是常州词派的开创者。1797年，他所编的《词选》行世。《词选》选录唐、五代宋词共44家、116首。

　　张惠言有感于浙派词的题材狭窄，内容枯寂，在《词选序》中提出了"比兴寄托"的主张，强调词作应该重视内容，应该

"意内而言外""意在笔先""缘情造端，兴于微言，以相感动"。

张惠言的词数量不多，但质量很高，如《水调歌头·春日赋示杨生子掞》："东风无一事，妆出万重花""晓来风，夜来雨，晚来烟。是他酿就春色，又断送流年。"抓住暮春景色，寄寓当时感慨，写得既沉郁又疏快。

再如《木兰花慢·杨花》借杨花的形象，寓作者怀才不遇、自伤漂泊的感喟，婉曲沉挚。

此外，如《木兰花慢·游丝同舍弟翰风作》《玉楼春·一春长放秋千静》《贺新郎·柳絮飞无力》等都写得委婉盘旋而能微言寄讽，体现出常州词派论"比兴寄托""意内言外"的主旨。

周济是常州派重要词论家，字保绪，一字介存，号未斋，晚号止庵，江苏荆溪人。周济论词尊崇北宋词人周邦彦，崇尚"雅""正"，强调寄托，要求作品以隐约迷离的手法，通过刻画景物，抒写"身世之感""家国之忧"。

龚自珍，一名巩祚，字璱人，号定盦。浙江杭州人。道光时进士，曾官至礼部主事。

龚自珍擅长诗文，词一般不为人所瞩目。他《定庵词》包含有《无著词选》《怀人馆词选》《影事词选》《小奢摩词选》《庚子雅词》

各1卷，计150余首。总体来说，龚自珍的词缠绵绮丽、沉挚飞扬。

清代末期"四大家"指朱祖谋、况周颐、王鹏运、郑文焯。"四大家"针对晚清词坛普遍轻视词体音韵声律的现象，提出"声律与体格并重"，对词体的声律特性、唐宋词人佳作的声律作用等问题多有阐述，在当时产生了积极的影响。

朱祖谋，原名朱孝臧，字藿生、孝臧，号沤尹，又号彊村。浙江吴兴人。1883年考中进士，后官至礼部右侍郎。

朱祖谋擅长书法、绘画、诗词，著作丰富，词作方面，著有词集《彊村乐府》《彊村词》《彊村词賸稿》《彊村集外词》等。他所选编的《宋词三百首》，为影响最大、最具权威的宋词选集之一。

朱祖谋早年致力于诗的创作，其诗的风格接近唐代诗人孟郊、宋代诗人黄庭坚。1896年，词人王鹏运成立词社，邀其入社，朱祖谋进入该词社后，才专注于词的创作。

朱祖谋将自己生平所学抱负尽纳词中，词中多关系时事之作，如

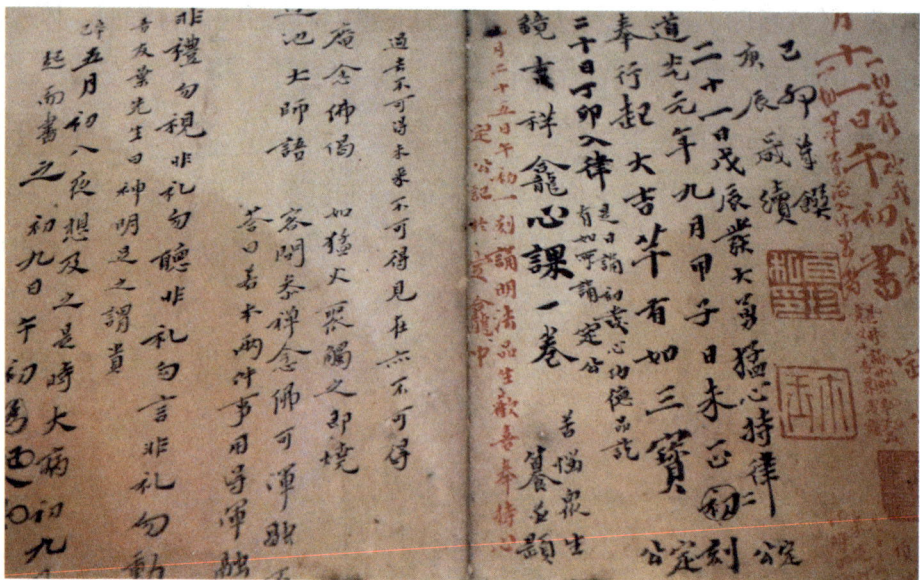

《鹧鸪天·九日丰宜门外过裴村别业》《声声慢·辛丑十一月十九日，味珊赋落叶词见示感和》《烛影摇红·晚春过黄公度人境庐话旧》《摸鱼子·梅州送春》《夜飞鹊·香港秋眺》等表现对维新派的同情，感慨光绪帝珍妃的遭遇，抒发壮怀零落、国土沦丧之感，悲惋沉郁。

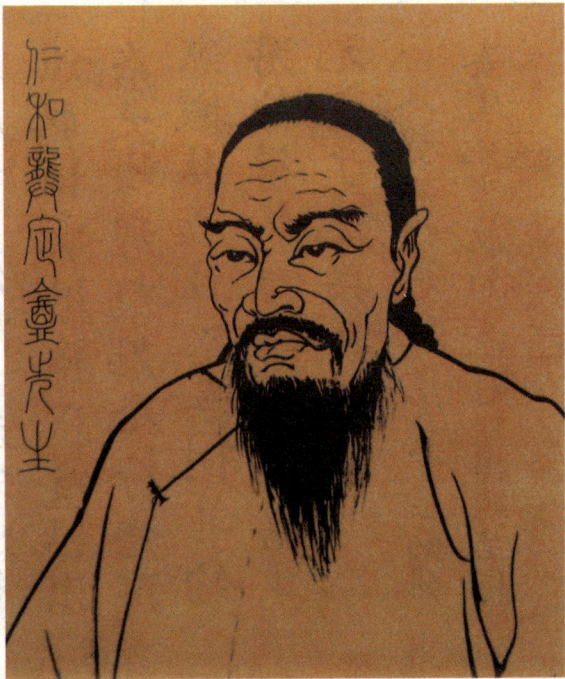

朱祖谋晚年虽词境更趋高简浑成，但内容除偶及军阀混战情事外，多为遗老孤独索寞情怀或流连海上歌场之作。朱祖谋的词受北宋词人吴文英的影响很大，同时，也受到宋词各大家的影响，他打破浙派、常州派的偏见，"勘探孤造"，自成一家。

况周颐，原名周仪，为避宣统帝溥仪讳，改名周颐。字夔笙，一字揆孙，别号玉楳词人。

况周颐一生致力于词，尤其精于词论，著有《蕙风词》《蕙风词话》。况周颐词作主"性灵""好为侧艳语""固无所谓感事"。后受词人王鹏运的影响，词情变得较为沉郁，比如《齐天乐》和《秋雨》等。

况周颐感于时事，写下一些伤时感事、声情激越的篇什，如《唐多令·甲午生日感赋》《苏武慢·寒夜闻角》《水龙吟·二月十八日大足平生青箬綠蓑衣披裘　笑嚴光蒙塵涯回首目迷　蒼狗劫急紅羊誰識直鉤　心事磣斷古苦荒岸憤憑　闌扆一角殘陽　瑪瑙坡名　證取悄雲根拂拭遺恨滄　桑更梅癯鶴怨金粉悽淒　涼撼秋榖挂瓢無樹算釣　游能得羨鷗鄉煙波路覓　元真子況與疏狂　八聲甘州奉題　雲亭垂釣圖　奏雲先生教拍　臨桂況周頤呈稿

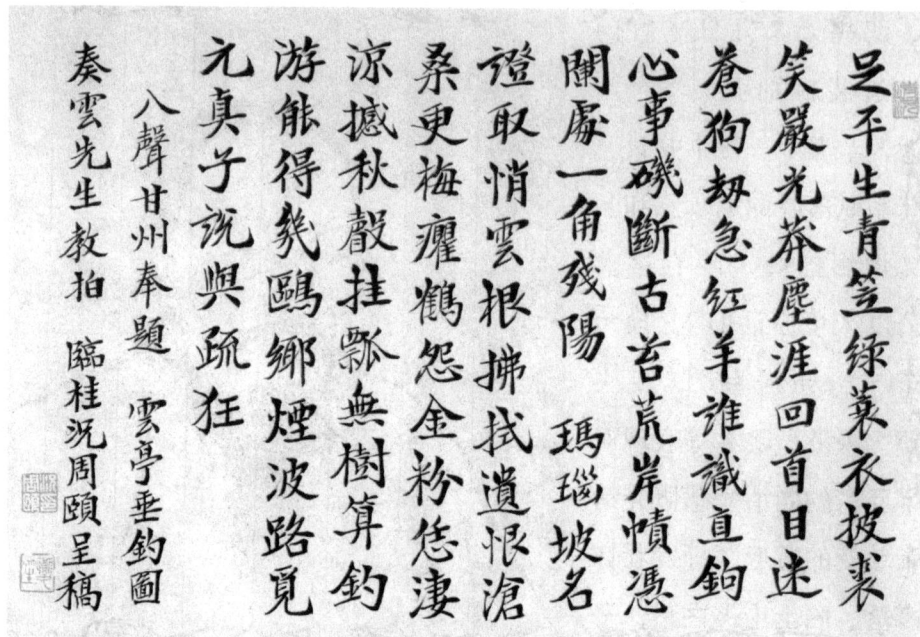

雪中作》《摸鱼儿·咏虫》《水龙吟·声声只在街南》等，此外，有一些作品则是对清室的兴衰、君臣的酣嬉、深致忧思，如《三姝媚》《莺啼序》等。

况周颐精于词论，其词学理论，本于常州词派而又有所发挥。他强调常州词派推尊词体的"意内言外"之说，乃"词家之恒言"，指出"意内为先，言外为后，尤毋庸以小疵累大醇"，即词必须注重思想内容，讲究寄托。

况周颐又吸收王鹏运的论说，标明"作词有三要，曰：重、拙、大"。他论词突出性灵，以为作词应当"有万不得已者在"，即"词心""以吾言写吾心，即吾词""此万不得已者，由吾心酝酿而出，即吾词之真"。

况周颐还强调"真字是词骨，情真、景真，所以必佳"。此外，论词境、词笔、词与诗及曲之区别、词律、学词途径、读词之法、词之代变以及评论历代词人及其名篇警句都剖析入微，往往发前人所未发，影响较为深远。

王鹏运，字佑遐，一字幼霞，自号半塘老人，晚年又号半塘僧鹜，1870年考中举人。1893年被授江西道监察御史。

王鹏运工于词，20岁后始专一于词，其词的成就为四大家之首，著有《味梨词》《鹜翁词》等集，后删定为《半塘定稿》。

王鹏运力倡导词学，且能奖掖后辈，著名词人文廷式、朱孝臧、况周颐等均曾受其教益。王鹏运力尊词体，尚体格，提倡"重、拙、大"以及"自然从追琢中来"等。况周颐的《蕙风词话》许多重要观点，都根源于王鹏运的词理论。

王鹏运早年的词风与元代词人王沂孙的词风十分接近，多写身世之感，如《百字令·自题画像》。1898年至1901年身为谏官，王鹏运同朱孝臧、刘伯崇合作的《庚子秋词》不乏对国势衰微的深沉悲愤，著有《袖墨集》《虫秋集》《味梨集》《庚子秋词》《春蛰吟》《南潜集》，统名《半塘词稿》。

郑文焯，字俊臣、叔问，号小坡、叔问，别号瘦碧，晚号大鹤山人。郑文焯多才多艺，工诗词，通音律，擅书画，懂医道，长于金石古器之鉴，而以词人著称于世。

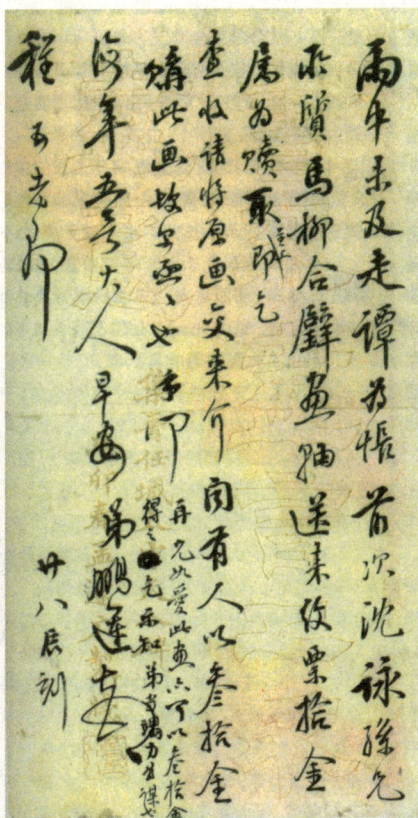

据说，当时湘中王闿运以词称雄，但是他见了郑文焯所作的词，立刻宣称自己不及。

郑文焯的词在晚清词坛独树一帜。他倡导清空澹雅的美学趣味，要求词意宜清空；语必妥溜，取字雅洁；使事用典融化无迹；骨气清空。

郑文焯的词有宋代词人周邦彦的风骨，其词"直逼清真，时流无与抗争"。词集有《瘦碧》《冷红》《比竹余音》《苕雅余集》等。其后删存诸词集为《樵风乐府》9卷。

知识点滴

王鹏运对自己的不幸表白在他自己的名号上。他自号半塘老人、半塘僧鹜、鹜翁。他说："古诗上云，父母在，恒言不称老。余一身不幸，幼年失母，中年失父，令人心悲，人不老心已碎，自称老人是用来铭记我的不幸啊！""我是父母的体魄所依，有父的一半，有母的一半，所以谓为半塘。"

王鹏运丧妻后坚持不续弦。据说一位算命先生推算他的八字，算命先生算后叹道："心高命平，是半僧人命也。"王鹏运听了，就把半僧作为自己的号了。

后来，一位老人为他占卜，道"刻鹄类鹜"，意为本来想雕刻天鹅却雕刻成了鸭子。王鹏运伤心地说："我愧不能像天鹅一样高飞蓝天，只好把自己当成鸭子一样藏在水草丛中，少惹是生非了。"所以他又把鹜翁作为别号之一。